ORIENTAL FANTASY STORY & ADVENTURE

마검왕 12

魔劍王

dream books
드림북스

마검왕(魔劍王) 12
그날 우리는

초판 1쇄 인쇄 / 2011년 8월 5일
초판 1쇄 발행 / 2011년 8월 16일

지은이 / 나민채

발행인 / 오영배
편집팀장 / 신동철
책임편집 / 이소라
편집디자인 / 신경선
펴낸 곳 / (주)삼양출판사 · 드림북스

주소 / 서울특별시 강북구 송천동 322-10호
대표 전화 / 02-980-2112 팩스 / 02-983-0660
편집부 전화 / 02-980-2116 팩스 / 02-983-8201
블로그 / blog.naver.com/dreambookss

등록번호 / 제9-00046호
등록일자 / 1999년 3월 11일

ⓒ 나민채, 2011

값 8,000원

(주)삼양출판사 · 드림북스의 서면 허락 없이는 어떠한
형태나 수단으로도 이 책의 내용을 이용하지 못합니다.

ISBN 978-89-542-4065-9 04810
ISBN 978-89-542-3036-0 (세트)

* 지은이와 협의하에 인지는 생략합니다.
* 잘못된 책은 구입한 곳에서 바꾸어 드립니다.

목차

魔劍王

제1장 에밀리 · · · · 007

제2장 기이한 문신 · · · · 045

제3장 분근착골(分筋錯骨) · · · · 091

제4장 공항 · · · · 149

제5장 그날 우리는 · · · · *179*

제6장 필립의조언 · · · · *229*

제7장 I.D.E · · · · *255*

제8장 그린 존(Green Zone) · · · · *289*

제 *1*장

에밀리

※ 『마검왕』은 순수 창작물로써, 이 작품 속에 등장하는 인명·지명·
  단체명 등은 실제 사실과 관계가 없음을 밝힙니다.

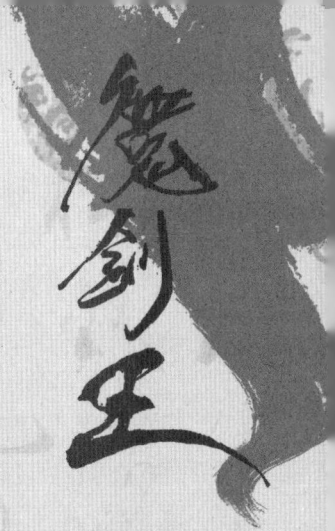

"뭐, 뭐가 어떻게 된 거야……."

한바탕 소총을 난사하던 둘의 얼굴이 황당하다는 듯 일그러졌다. 방아쇠를 계속 당겨 보았지만 틱틱 하고 탄창이 빈 소리만이 나올 뿐이었다.

"갈겨!"

그렇게 외친 버클은 창밖에 붙어 있는 녀석들만 믿고 있는 듯했다. 창문에서 내게 겨눠진 소총의 수만 해도 열이 넘었다. 그러나 이루 말할 수 없는 황당한 상황에 버클의 목소리가 들리지 않는 모양이었다. 눈치 빠른 몇몇은 내 발 앞에서 서서히 굳어 가고 있는 뻘건 쇳물을 멍하니 쳐다보고 있었다.

나는 움직였다. 그제야 녀석들의 총부리도 부랴부랴 나를 따라 움직였다.

쉬이익.

지면을 스쳤다. 내게 소총을 쏴댔던 두 녀석이 반사적으로 몸을 움찔했지만 이미 늦은 뒤였다. 유령처럼 나타난 나는 녀석들의 안면을 손바닥으로 강하게 때렸다. 빠악 하는 큰 타격음과 함께 녀석들이 뒤로 튕겨 나갔다.

다음 차례는 현관문 앞에 있는 녀석이다. 방아쇠를 당기려는 녀석의 움직임보다 내 움직임이 더 빠르다.

빠악!

그 녀석의 콧잔등에 일격을 가했다.

동시에 몸을 웅크린 녀석의 손에서 소총을 빼앗은 후, 총부리를 움켜쥐었다.

십이양공이 지닌 겁화의 기운이 손바닥 전체에서 일렁거리는 것이 느껴졌다. 총부리가 뻘겋게 달아오르더니, 형체가 일그러졌다. 엿 뭉치를 짓뭉개 놓은 것처럼 변한 그것은 더 이상 제 역할을 할 수 없어 보였다.

퍽!

나는 녀석을 뒤로 밀어젖힌 다음 현관 밖으로 나왔다. 요란한 소리가 여기저기서 들렸다.

창문을 향해 총을 겨누고 있다가 황급히 내 쪽으로 총부리를 돌리는 녀석들, 쓰러진 동료에게서 내게로 시선을 옮기는 녀석들, 나를 가리키며 "나왔다!"라고 외치는 녀석들, 내게 동료가 있을 것이라고 생각하는지 주변을 살피는 녀석들, 검은색 서브 차량에서 급하게 튀어나오는 녀석들.

마치 하늘에서 아래를 내려다보듯, 총 서른두 녀석들의 움직임이 한눈에 들어왔다.

나를 발견한 녀석들은 일찍이 사람 한둘씩은 죽여 봤던지 방아쇠를 당기는 데 조금도 망설이지 않았다.

조용히 해결하긴 글렀군.

그렇게 생각하며 앞으로 튀어 나갔다.

자동화기와 권총이 발사되는 소리가 요란하게 울렸다. 그것들은 뒤늦게 내가 사라진 자리를 향하고 있었다.

일제히 연사된 수백 수십 발의 탄환들.

소나기와 같았다.

그것들을 뒤로하고 나는 이미 한 녀석의 앞에 서 있었다. 현관에서 열다섯 걸음 떨어진 자리에서 총을 겨누고 있던 녀석으로, 동료 여섯과 함께 바리케이드를 치듯 골목으로 나가는 길을 막고 있었다.

"흡!"

녀석이 헛숨을 들이키며 반사적으로 총구를 움직였다.

녀석의 바로 옆에 있던 동료들도, 멀찍이 있던 조직원들도 움직임과 사격을 멈췄다. 갑작스러운 상황에 놀라기도 놀랐겠지만, 동료들이 눈먼 탄환에 맞을 것이 뻔했기 때문이다.

일 타(一打).

얼굴을 가격.

이 타(二打).

손등으로 후두부를 가격.

삼 타(一打).

이 타가 끝남과 동시에 허리를 가격.

사 타(四打).

이 타째에서 떨어지는 소총을 걷어차 목에 적중.

오 타(五打).

주먹으로 견갑골을 가격.

육 타(六打).

오 타가 끝나자마자 몸을 날려 얼굴을 가격.

나는 움직이며 녀석들을 가격했다. 한 번의 공격에 한 명씩 의식을 빼앗았다. 마지막 출수를 거뒀을 때 조직원 여섯이 서로 약속이나 한 것처럼 쓰러졌다.

공력을 집중하여 녀석들의 총을 내 쪽으로 끄집어 당

졌다.

 다른 사람들이 보기에는 이 세상에서 초능력이라 불리는 염력(念力)과 다를 것 없다.

 소총과 권총으로 이뤄진 여섯 덩어리가 내 눈앞으로 날아왔고, 나는 그것들을 겁화의 기운으로 짓이겼다. 그런 다음 탄공법(彈功法)으로 쏘아 보냈다. 한데 뭉쳐졌던 뻘건 쇳덩어리는 수백 개의 조각으로 갈라져 사방으로 날아갔다.

 내게 소총을 겨누었던 모든 이들이 그 대상이다.

 "악!"

 "크아악!"

 비명과 함께 새빨간 핏물이 사방으로 튀었다. 당한 이들은 비단 조직원들뿐만이 아니었다.

 녀석들이 타고 왔던 서브 차량 네 대는 일제히 사격을 당한 것처럼 구멍이 숭숭 뚫렸고, 로스턴 하우스의 건물 외벽도 마찬가지였다. 화약 냄새 한 번 나지 않았지만, 효과는 굉장했다. 넝마가 된 서브 차량에서는 연기가 피어올랐다. 금방이라도 터질 듯하더니 금세 불길에 휩싸였다.

 운이 좋아 정신이 남아 있는 녀석들이 있었다.

 바닥에 넙죽 엎드려 내 쪽을 쳐다보고 있는 녀석에게로 향했다.

뚜벅뚜벅.

여유를 가지고 걸어갔다.

녀석이 핏물을 줄줄 흘리며 눈을 껌벅거려대다 황급히 소총을 내게 겨눴다.

공력을 일으키자, 조금 전에 그랬듯이 녀석의 총이 주인 곁을 떠나 내게로 날아왔다.

쉬익.

그것을 허공에서 낚아챘다. 손안 가득히 무게감이 느껴진다. 전장에서나 쓸 법한 자동화기라니. 차가운 금속 촉감이 썩 마음에 들지 않았다.

"어……어……."

녀석은 말도 제대로 하지 못했다.

녀석의 혈도를 눌러 제압하고, 도망가는 다른 녀석들을 향해서도 손가락을 튕겼다. 등 뒤에서 날아온 탄지공에 점혈된 녀석들이 끈 풀린 꼭두각시 인형처럼 쓰러져 갔다.

그것으로 모든 게 끝이 났다.

불길에 휩싸인 서브 차량만이 매캐한 검은 연기를 뿜어대고 있을 뿐이었다.

* * *

이 모든 광경을 지켜본 청년이 있었다. 이름은 자멜, 나를 로스턴 하우스까지 안내해 준 흑인 청년이다. 녀석은 골목 어귀에서 이쪽을 훔쳐보고 있다가 나와 눈이 마주치자마자 몸을 돌려 도망치려 했다.

"자멜."

녀석의 옷깃을 낚아채며 말했다.

"사, 사람들이 올 거예요."

그러니 자신을 해치지 말라는 소리였다.

녀석이 내 손아귀에서 허둥댔다. 녀석은 사지를 벌벌 떨었다. 일반적인 상식으로는 결코 이해할 수 없는 일이 눈앞에서 벌어진 탓이었다.

"어쩌지? 네가 모든 걸 지켜봐서 살려 줄 수 없겠는데."

마음에도 없는 소리를 했다. 물론 이 불쌍한 흑인 청년을 해칠 생각은 없다. 그렇지만 목소리에 담은 살기 때문에 녀석은 공포에 휩싸인 상태였다.

"나 같은 거, 나 같은 거 죽여서 뭐해요. 아무에게도 말하지 않을게요."

아니, 말해도 상관없다는 생각이 들었다. 갱단이 이 사건을 떠벌릴 리 없을거니와 오히려 스스로 언론 쪽을 수습하려 할 것이다. 또한 빈민가의 청년 하나가 영화에나 나올 법한 허무맹랑한 소리를 한다면 오히려 비웃음을 살게 뻔했다.

그럼에도 불구하고 내가 녀석에게 겁을 주는 건 다른 이유가 있어서였다.

"그 말 믿겠어. 다만 그 입 꽉 다물고 있는 게 좋을 거야. 이 일이 소문나면 나보다도 저 녀석들이 널 먼저 없애려 할 테니까. 무슨 말인지는 네가 더 잘 알거야, 자멜."

나는 너저분하게 쓰러진 조직원들을 눈으로 가리켰다.

"아, 알아요."

"물론 이상한 소문이 내게도 들린다면, 넌 나를 다시 만나게 될 거야. 가 봐."

자멜은 내 말이 끝나기 무섭게 전력으로 질주했다. 그의 뒷모습에는 굶주린 사자를 피해 도망치는 사람처럼 살고자 하는 욕구가 절실히 드러나 있었다.

그길로 로스턴 하우스로 몸을 돌렸다. 안으로 들어가려는 순간, 도망쳐 나오는 버클과 마주쳤다.

"히엑!"

놈이 괴기한 음성을 흘리며 다짜고짜 주먹부터 날렸다.

그 주먹을 잡아 비튼 뒤 녀석을 무릎 꿇게 했다.

그리고는 녀석이 공터에서 벌어진 참극을 지켜볼 수

있도록 잠깐의 시간을 허락했다.

역시나, 녀석의 얼굴이 새하얗게 질리기까지 그리 오래 걸리지는 않았다.

"너……너…… 누구냐?"

녀석이 말을 더듬으며 물었다.

*   *   *

편의점에서 발생한 작은 사건이 지금에 이르기까지, 그리고 앞으로 계획한 일들까지. 단순히 내가 가진 힘을 믿고 절제 없이 일을 크게 벌이고 있는 것은 아닌지 다시 한 번 생각해 봤다.

우연히 그들과 얽혔고 그들이 내 일상에 끼어들었다. 나는 내 평범한 일상을 되찾고자 이렇게 움직이고 있는 것이지, 마약을 유포하고 음지에서 각종 범죄를 저지르는 범죄자들을 처단하고자 일을 시작한 것이 아니었다.

어디까지나 내 것을 되찾을 수 있는 정도에서 이 일을 마무리하면 된다.

나와 얽혔던 건즈의 할렘 지구가 보다시피 괴멸되었다. 이제 그만 손을 떼도 될까? 그러면 더는 내 일상에 이들이 끼어들지 않게 될까? 그래서 조직 건즈의 입장에서 생각해 봤다.

큰 이변이 없는 한 이런 식으로 진행이 될 것이다.

표면적으로 건즈의 할렘 지구를 박살낸 건 한 아시아인이었다.

믿을 수 없지만, 단독으로 저지른 일이란다. 할렘 지구 조직원 삼십 명의 총격을 피하고 맨손으로 모두를 제압했단다.

더욱이 그 아시아인은 코믹스에 나오는 히어로라도 되는 것처럼, 이상한 능력을 발휘하는 초능력자라고 진술한 녀석도 여럿 있었다. 모두가 치명적인 부상을 입은 상태였다. 외상 후 스트레스 장애로 인해 기억에 이상이 생겼다고 하기에는 조직원들의 진술이 너무나도 동일했다.

그래서 더 조사해 본 결과, 정진욱이라는 한국인이 이 사건의 발단임을 알아냈다. 조직의 라이벌들이 용의 선상에 올랐었지만, 조직원 바비 그린과 여럿이 그 한국인의 주거지에 구금된 일에서부터 사건이 시작되었다는 것을 알아냈다.

다른 조직에서 보낸 히트맨이라고 하기에는 그의 접근 방법은 프로답지 못했다. 조직원 바비 그린의 여자 친구가 편의점에서 애인을 감싸며 매너 없이 행동했다. 그때 한국인 정진욱과 시비가 붙었다. 그리고 충돌하여 경찰서에서 양자 간 진술을 마치고, 바비 그린은 약간의 보석금으로 풀려났다.

한국인 정진욱이 다른 조직에서 보낸 히트맨이라면, 그렇게 대외적으로 모습을 드러낼 리는 없었다. 결국, 한국인 정진욱이라는 인물은 다른 조직의 히트맨이 아닌 조직원 바비 그린의 돌발적인 행동에 휩쓸린 인물이라고 생각하는 것이 더욱 신빙성이 있다.

조직원 바비 그린은 그 한국인에게 보복을 하기로 결심했으나 도리어 제압당해 구금을 당했다. 이튿날 조직원 일곱 명이 연락 두절된 바비 그린을 찾아 한국인의 집을 방문했다가 또 구금을 당했다. 그 한국인이 상당한 군 관련 경력자거나 어떤 조직의 조직원임이 틀림없어 조사를 해 보았으나, 한국에서 국비 장학금을 받는 엘리트 유학생에 불과했다. 어디에서 무엇을 놓친 것일까?

그리고 사건이 발생했다.

아시아인 한 명이 할렘 지구를 공격했다.

바비 그린을 비롯한 열한 명의 조직원을 구금한 한국인 정진욱. 우리는 그를 할렘 지구를 공격한 아시아인이라고 확신했다.

그러나 앞서 진술된 정진욱의 외모와 할렘 지구를 공격한 아시아인의 외모가 몹시 다르다.

아시아인들은 얼굴이 비슷하여 구분하기 힘들다고는 하나, 한국인 정진욱의 키는 185센티미터가 넘는 큰 체격인 반면에 할렘 지구를 공격한 아시안은 175센티미터 안팎에 불과한 작은 체격이었다.

정진욱과 할렘 지구를 공격한 제삼자는 다른 인물이다. 다만, 서로 관계가 깊은 사이거나 같은 조직에 속한 인물일 것이다.

제삼자는 실제로 할렘 지구를 단독으로 괴멸시킨 괴물이다. 정진욱이란 한국인 역시 혼자서 열 명이 넘는 조직원들을 제압하는 놀라운 능력을 보여 주었다. 이건 여러 조사를 통해 사실로 밝혀졌다.

이 두 사실을 종합해 볼 때, 둘이 같은 집단에 속했다고 봐도 무방하다.

이제 이 사건은 정진욱이라는 한국인과 그의 동료로 추정되는 제삼자가, 충동적으로 벌인 일인지 아니었는지는 중요하지 않다. 왜냐하면, 우리 조직은 감추려야 감출 수 없는 심각한 공격을 받았고, 그 결과 상당한 피해가 있었기 때문이다.

더욱 조사해 보겠지만, 우선은 그들에 대해 아는 게 없다. 가까운 정보통을 통해 알아보아도 그들에 대해 밝혀진 것은 단 하나도 없었다. 결국, 이 사건의 키포인트는 정진욱이라는 한국인에게 있는 듯하다.

많은 인력을 투자하여 그의 일거수일투족을 감시할뿐더러, 그의 주변 인물들 또한 주시해야 한다.

또한 그의 나라, 한국에 조직원을 보내는 것도 신중하게 고려해야 할 것이다. 일단 우리 조직과 협력을 맺은 한국의 조직에 협조를 요청하여 그의 가족을 조사해야 한다.

조직의 위신을 회복하기 위해서라도, 그에 대해 조금 더 심층적이고 진지한 접근이 필요하다고 판단되는 바다.

"나, 나는 공급책에 불과해. 그런 내가 빅핏에게 접근할 수 있을 거라고 생각해?"

옆에서 들리는 소리에 시선을 그쪽으로 옮겼다. 운전대를 붙잡고 있는 버클의 손이 부들부들 떨리고 있었다.

극심한 스트레스를 받았기 때문인지 음주 운전을 하는 것처럼 차체 움직임이 불안정했다. 나는 조수석 등받이 깊숙이 몸을 맡긴 채 그를 바라보았다.

"그렇겠지."

그렇게 대답하며 창밖으로 시선을 옮겼다. 경찰차와 소방차로 이뤄진 한 무리가 바로 우리 옆 차선을 빠르게 스쳐 지나갔다. 요란한 사이렌 소리가 점점 멀어졌다.

"그럼 대체 내게 뭘 원하는 거야!"

그가 발악하듯 외쳤다.

그는 조금만 수가 틀리면 나와 같이 자폭이라도 하겠다는 것처럼 거칠게 운전했다.

우우웅.

엔진이 거친 숨을 뿜었다. 하지만 맨해튼 시가지로 진입하면서부터 그것마저도 마음대로 되지 않았다. 퇴근 시간과 겹치면서 교통 흐름이 복잡해진 탓이다.

좀처럼 안절부절못하고 있는 버클에게 나는 한마디 툭 내뱉었다.

"도망칠 생각은 하지 않는 게 좋아."

"빌, 빌어먹을 옐로."

버클이 운전대에 머리를 힘차게 박았다. 다시 파란불이 켜졌고 우리가 탄 차는 느릿하게 나아갔다.

"언제까지 이렇게 운전만 해야 하는 거야."

그가 물었다.

"뉴욕항으로 가."

나는 여전히 창밖에 시선을 유지하며 말했다.

"……"

"거긴 왜."

"머리가 있으면 생각을 해. 내가 거길 왜 갈 것 같아?"

"……"

"네 생각이 맞아. 너희 숙녀를 죽이러 가는 거야. 이름이 에밀리(Emily)라고 했던가."

나는 대수롭지 않다는 듯이 한 항만 회사의 이름을 내뱉었다.

에밀리.

그곳은 바로 뉴욕주 전체에 공급되는 건즈의 약과 불법 무기들을 들여오는 위장 사업체다. 그 사실을 알고 있는 버클은 정신병원에서 탈주한 연쇄 살인마를 보듯 나를 힐끔 쳐다봤다. 녀석은 무슨 말을 하려다가 이를 악물었다.

"왜?"

"죽고 싶어 환장했군……. 그러고도 네가 무사할 줄 알아? 미친 자식."

"오늘 그런 말을 몇 번이나 듣는지 모르겠어. 너는 네 목숨 챙길 생각이나 해. 그 잘난 얼굴에 구멍 나기 싫으면 시키는 대로 운전이나 하라고. 총 같은 건 없어도 언제든지 네 얼굴에 구멍 낼 능력은 되니까. 내가 널 어떻게 할 수 있는지는 너도 잘 알 거야."

버클은 나를 힐끔 쳐다보더니 더는 입을 열지 않았다.

바로 몇 분 전에 그의 집에서 벌어졌던 일을 잊을 정도로 멍청하지는 않았다.

차가 밀리는 뉴욕의 시가지를 뚫기까지 한 시간가량

이 걸렸다. 어렴풋이 해가 저물고 있었다.

 살짝 열린 창문에서 찬바람이 세차게 몰아쳤다. 첫눈 소식이 있다던데 아직까지 눈은 내리지 않고 있었다. 비록 내가 감수성이 풍부한 인간은 아니더라도 첫눈이 내리는 날을 갱단 소두목과 함께 맞이하고 싶진 않아 한숨을 푹 쉬었다.

 "다 왔어. 이제 날 어떡할 거지?"

 부두가 보이는 외곽 도로에 정차하자마자 그가 내 쪽으로 몸을 돌리며 말했다.

 근 한 시간 반 만에 처음 입을 연 것이다.

 "죽일 건가?"

 담담한 척은 하고 있지만, 파르르 떨리는 입술까지는 막을 수 없었던 모양이었다.

 "아직은 아니야. 숙녀에게로 안내해야지. 나는 초행길이거든."

 "하지 않겠다면?"

 "말했잖아. 얼굴에 구멍을 내 주겠다고. 시시하게 총 같은 걸로 하진 않을 거야."

 "어차피 죽을 거. 네놈 같은 옐로에게 시달릴 필요가 있을까. 정말 내가 그럴 거라고 생각하는 건 아니겠지? 여기가 끝이야. 나머진 네놈 스스로 알아서 해. 미친 자식."

"안. 내. 해."
나는 힘을 담아 명령했다.
"너……"
그는 거기까지만 말하고 기어를 움켜쥐었다.
"잠깐, 조금만 기다리지. 잠시 뒤면 밤이 될 테니까."

* * *

차가 다시 움직이기 시작해 금세 뉴욕항 검문 센터까지 들어왔다.

버클은 뉴욕항 검문 센터에서 일하는 직원과 안면이 있었다. 버클이 운전석 유리창을 내리자 직원이 아는 체를 해 왔다. 평소와 다른 낌새를 느꼈는지, 직원이 무슨 일이 있느냐고 물었을 때 버클이 나를 힐끔 쳐다봤다. 자연스레 직원의 시선도 내 쪽으로 향했다.

직원의 오른팔이 움직이는 것을 발견했다.

차 문에 가려 보이지는 않지만, 손이 허리춤에 있는 권총으로 향하고 있는 게 확실했다.

그를 저지하는 대신 버클의 허벅지에 손을 올렸다. 나를 쳐다보고 있던 버클의 눈동자가 주먹만큼 커졌다.

엄지손가락으로 그의 허벅지에 있는 사혈을 지그시 눌렀다. 버클의 얼굴이 험상궂게 일그러졌고 입에서 약한 신음이 흘러나왔다. 비명을 터트릴 만큼 고통스러웠을 텐데도 그는 잘 참아냈다.

"사업 파트너야."

버클이 황급히 바깥에 대고 말했다.

"문제없는 거죠?"

버클에게 그렇게 물으면서도 직원은 나를 계속 주시했다.

"바빠, 그리고 이분은 중요한 파트너야. 그럼."

버클은 직원의 대답도 듣지 않고 창문을 올렸다.

창문이 닫히던 그 순간, 그의 입에서 선혈 한 줄기가 흘러나왔다.

"내, 내게 무슨 짓을 하는 거야."

열린 입안에서도 고인 피가 보였다. 결국, 그는 운전석 시트에 한 움큼의 피를 뿜어냈다. 진한 선탠이 되어 있는 유리창 밖에서는 아무것도 보이지 않았는지, 차량 차단막이 스르르 올라가기 시작했다.

"가지, 파트너."

항만 회사 에밀리는 제법 큰 편에 속했다. 부두 자동차 전용 도로를 달리면서 보아 온 항만 회사 중 손에 꼽을 정도로 규모가 싱딩했다.

대부분 항만 회사들이 조립식 건물인 것에 비해 항만 회사 에밀리의 건물은 탄탄한 붉은 벽돌로 세워져 있었다. 또한, 에밀리가 관리하는 컨테이너 부지는 부두 속의 또 다른 부두라고 말할 수 있을 만큼, 독립적으로 운영되고 있는 듯했다.

일반적인 항만 회사들처럼 주립 방범 직원이 상주하고 있는 것이 아니라 사설 경호 업체가 출입 차량을 통제하고 있었다.

검은색 유니폼을 입고 잘 보이는 허리춤에 권총을 찬 자가 방범봉을 흔들어 보였다.

차를 멈추었다.

파일을 옆구리에 낀 남자가 다가왔다.

버클이 그 남자와 대화를 하는 사이 나는 앞 유리창으로 보이는 검문소의 CCTV들을 살펴봤다. CCTV 두 대가 정확히 우리 쪽을 향해 있었다. CCTV의 야간용 붉은색 LED 렌즈가 어둠 속에 웅크린 고양이의 눈동자 같다고 느꼈다.

CCTV는 그뿐만이 아니었다.

블록마다 CCTV가 두 대씩 설치되어 있어 당장 시선에 들어온 개체 수만 해도 열 개가 넘었다. 그건 이 항만 회사의 보안이 상당한 수준이라는 것과 이들이 취급하는 물품이 그러한 보호를 받아야 하는 것임을 말해주고 있었다.

"이제 어쩔 거지?"

버클이 에밀리사 주차장에 주차하며 물었다. 건물 2층 난간에 설치된 CCTV도 우리를 따라 움직였다.

"궁금한 게 있는데."

"……."

"주에서 이 정도의 방범권을 허락해 주는 모양이지? 뉴욕항은 주에서 관리하고 있는 것으로 아는데 이곳은 주의 정책과는 상관없이 돌아가는 것처럼 보여. 사설 보안 업체라……."

"후회하긴 너무 늦었어."

"후회라니. 감탄 중이야. 내 생각보다 빅핏의 영향력이 상당한 거 같거든. 일급 보안 지역에 해당하는 뉴욕항에 사설 보안 업체를 집어넣을 수 있다는 건 생각해 보지 않아서. 정말로 네 보스는 돈이 많은가 봐. 이 정도까지 하려면 얼마를 내야 하는 거지?"

그가 물었다.

"뭐?"

그가 어처구니없다는 눈으로 나를 쳐다봤다.

"그래도 한 가지 문제는 이걸로 해결되었어. 사실 이 많은 CCTV를 피하려면 상당히 귀찮아질 거라고 생각하고 있었거든. 그런데 사설 보안 업체에서 관리하는 거라면 CCTV 녹화 또한 이곳에서 관리할 거 아냐. 케이블을 따라 주립 관공서로 들어가는 게 아니라. 그렇지?"

"여기를 날려 버리기라도 하겠다는 거야? C4라도 챙겨 왔어? 크크… 크크…… 크크클…… 이거 완전 미친 놈이었어."

"그럼."

나는 그렇게 말하며 등받이에서 몸을 뗐다. 웃음을 흘리고 있던 버클이 엇 하면서 상체를 웅크렸다.

그는 웅크린 상태로 "살, 살려줘. 네가 해 달란 대로 다 해 줬잖아. 에밀리를 따먹든, 그건 내 알 바 아니라고."라고 울먹이면서 말했다. 간간히 보였던 당당한 기세는 죽음이 임박한 순간에서만큼은 사라지기 마련인 모양이다.

"너를 죽이진 않을 거야."

내가 말했다.

버클은 나를 쳐다보지도 움직이지도 않았다.

"내일이면 빅핏이 너를 찾을 거야. 지금부터 본 그대로 그에게 말해. 에밀리가 어떻게 죽었는지 말야. 내일까지도 아니겠군. 몇 시간 뒤면."

"무슨 말이야……?"

스르르.

그의 팔 사이에서 겁먹은 눈동자 하나가 내 쪽으로 향했다.

"널 살려 주겠다는 말이지. 말하자면 사자(使者) 같은 거야. 빅핏에게 본 대로 말하면 돼. 도망갈 생각은 말고. 그럼 나를 또다시 보게 될 테니까."

나는 그만 나갈 마음으로 문 손잡이를 잡았다.

"잠깐!"

"왜?"

"너……너 말야. 정말 자신 있는 거야?"

"자신이라니?"

"유대인 부모 밑에서 태어난 독실한 유대교 계집은 그 누구도 따먹을 수 없어. 평생 동안 번 것을 바치고 입에 발린 말을 수십 년 동안 속삭여 줘도 그년을 따먹을 수 있는 권리는 그년의 부모들밖에 없단 말이야."

"또 그런 난잡한 얘기는 처음 듣는군. 무슨 말이 하고 싶은 거지?"

"저 에밀리는 바로 그런 계집이야. 그런 회사야. 누구도 따먹을 수 없어. 오로지 빅핏만이 따먹기로 되어 있다고. 그런데 네가 저 계집을 드러눕힐 수 있겠냐고. 그냥 눕히는 게 아니라 아주 벌집으로 만들 자신이 있냐고오오."

버클은 술에 취한 듯 말끝을 늘이며 말했다. 하지만 그 이면에는 뭔가 절실한 감정이 깃들어 있었다. 나는 그게 그의 생존이 담긴 절박한 심정이라고 느꼈다.

"이제 이곳이 어떻게 될지는 네가 더 잘 아는 것 같은데? 잘 지켜보기나 해. 그리고 그걸 보고하라고 너를 살려 주는 거니까."

"제발……."

"……?"

"나를 살려 줘. 넌 이렇게 가면 안 돼. 나를 살려 주겠다고 했잖아. 이대로 가면 나는 죽어. 빅핏이 나를 죽일 거라고. 그는 내 말을 믿지 않을 거야. 마이애미 늪지에 숨어 있다고 해도, 텍사스 사막에 굴 파고 숨어 있는다 해도 어떻게든 나를 찾을 거야. 그럼 나는 그의 밀실 감옥에서 끝없는 고문을 당하고 말 거야. 그렇게 죽을 거라고."

흥!

나는 문을 열고 나갔다.

"기다려!"

등 뒤로 그의 외침이 들렸다. 나는 무시하고 에밀리사 사무실로 들어가는 계단으로 향했다. 혹시나 해서 돌아보니 버클은 운전대에 고개를 파묻은 채로 어깨를 들썩이고 있었다.

에밀리사 직원들은 여인의 그림자를 상징으로 단 유니폼을 입고 있었다. 여느 평범한 운수업체 사무실처럼 그들의 사무실도 밤이 늦도록 형광등이 환하게 켜져 있었다.

그래도 밤이라서 그런지 이미 퇴근한 사람들이 더 많았다.

책상에 펼쳐진 서류를 보고 열심히 타이핑을 하고 있던 직원들이 나를 쳐다봤다. 그들은 이십 명이 약간 넘었다. 책상 수로 볼 때 1층 사무실에 근무하는 전체 인원은 백 명이 넘는, 큰 규모의 회사라는 것을 다시 한번 실감했다.

"어떻게 오셨습니까?"

남자가 다가왔다. 지위가 있는 걸로 추정되는 이 남자는 배가 불룩 튀어나온 중년의 흑인이었다.

"140번가에서 왔습니다. 연락받으셨을 텐데요."

검문소 입구에서 무전기에 보고하던 사설 경비를 떠올렸다.

남자는 놀란 눈을 하면서 뒤를 돌아봤다. 그런데 모두 약속이라도 한 듯 이쪽에서 시선을 돌렸다. 그리고는 키보드 치는 소리가 다시 시작됐다. 긴장감과 함께 어색한 공기가 흘렀다. 모두들 나와 눈을 마주치고 싶어 하지 않는다고 느꼈다.

남자는 나를 응접실로 안내했다.

"로스턴 하우스에서 오셨다고요? 미스터 버클도 함

께 오셨다고 들었습니다만."

그가 소파에 앉으며 말했다.

"차에 있습니다. 오늘 일은 내가 맡습니다."

남자는 창밖을 확인했음에도 의심이 어린 눈을 풀지 않았다.

내가 동양인인 것이 큰 이유일 것이라고 생각했다.

"그럼…… 어제 들어온 선적에 무슨 문제라도?"

"그 문제 때문에 온 것이 아닙니다. 나는 다른 이야기를 하고 싶습니다."

"이를테면 이런 것이지?"

그가 갑자기 어투를 달리하며 테이블 밑을 눈으로 가리켰다. 어서 밑을 확인해 보라고 그의 눈이 말했다.

시선을 내렸다. 테이블 밑에서 권총 한 자루가 나를 겨냥하고 있었다.

"잘 아시는군요. 비슷합니다."

나는 다시 그에게 시선을 옮기며 말했다. 남자는 비릿하게 웃었다. 그의 표정은 살이 찐 통통한 볼살 때문에 지방을 쑤셔 넣은 것처럼 어색했다.

"기분 상해도 이해해. 확인해 볼 게 있으니까. 나는 너 같은 아시안에 대해서 들어 본 적이 없거든."

"지금부터 많이 듣게 될 거야."

나는 대답했다.

총을 빼앗는 건 쉽다.

무공에서 일정한 성취를 이루면 공력을 운용하는 것만으로도 사물의 움직임을 통제할 수 있기 때문이다. 그것을 응용하면 허공섭물(虛空攝物)이고, 이 세상에선 그것을 염력이라고 부른다.

허공섭물로 권총을 끌어당겼다.

마치 자석에 달라붙는 쇳가루처럼 권총이 내 손아귀로 날아와 잡히는 것이 느껴졌다. 나는 총자루를 움켜쥐어 그것을 테이블 위로 꺼내 보였다.

남자는 허둥댔다. 그의 눈동자 속에서 크게 당황한 감정을 볼 수 있었다. 시야에서 벗어난 테이블 밑에서 벌어졌기에 그 정도에서 그친 것이다.

남자가 핸드폰 폴더를 접으며 내 눈치를 살폈다. 그러다가 실없이 웃었다.

"이해해 줄 거라 믿었는데. 버클의 친구라고 해도 확인 절차는 필요하잖아. 이럴 것까진 없어, 친구."

"알지. 다시 연락해 봐."

남자는 핸드폰을 고쳐 잡았다. 어디론가 전화를 걸면서 계속 내 손에 쥐어진 권총을 주시했다. 나는 그가 전화를 끝마칠 때까지 기다릴 생각으로 편안한 자세를 취했다. 그제야 남자도 약간은 안도한 얼굴이 되었다.

잠시 뒤, 그의 핸드폰에서 목소리가 튀어나왔다. 전

화를 건 남자가 말을 꺼내기도 전에 상대방이 먼저 외친 소리였다. 버클이 당했어! 그 소리는 내게도 똑똑히 들릴 정도로 컸다.

"당했다니? 어, 뭐?"

그의 얼굴이 와락 일그러졌다. 나를 바라보는 눈빛도 대번에 변했다.

"어, 어, 지금 여기에 있어."

나와 내 손에 들린 권총을 번갈아 쳐다보는 시선이 바빴다.

"거기까지."

내가 그렇게 말하자 그는 순순히 귀에서 핸드폰을 뗐다. 나는 그보다 먼저 입을 열었다.

"이제 어떻게 돌아가고 있는지 알겠어?"

남자는 골치가 아프다는 듯이 오른손으로 얼굴을 쓸어내렸다.

"……왜?"

"당신도 건즈와 깊게 관여되어 있는 것 같은데. 이름이?"

"더스만."

그가 짧게 대답했다.

"무슨 배짱인지 모르겠어. 여기가 어디인 줄……."

"그만. 충분하니까. 선적표나 보여 줘. 화물이 들어

온 컨테이너, 몇 번이지? 어떤 컨테이너를 묻는 것인지는 잘 알 테고. 시간을 끌 생각은 그만두는 게 좋아. 나는 셋까지만 셀 테니까. 빠르게 대답하지 않으면 그 물건들만 잃게 될 거야."

"내 목숨도 잃게 되겠지. 빅핏은 너뿐만 아니라 나도 죽일 테니까. 그가……."

"버클도 똑같이 말했어. 그리고 나는 이렇게 대답해 줬지. 우선은 살고 보라고. 더스만이라고 했나? 이실직고하지 않으면 지금 너를 죽일 생각이야."

나는 총구를 그의 미간에 댔다. 그의 눈동자가 총구가 있는 미간 쪽으로 쏠렸다.

그의 얼굴에서 웃음기가 싹 사라졌다. 그는 나를 쳐다봤다. 내가 진심인지 아닌지, 자신을 구제할 다른 사람들이 언제 올 것인지, 도망칠 수는 있는지, 그와 비슷한 수백 가지의 계산들이 얼굴 위로 고스란히 드러났다.

"정말 날 죽일 생각이군……. 엿 같은 상황이야. 정말 잔인해. 다른 방도가 없어."

그가 혼잣말로 중얼거리더니 갑자기 자리에서 일어났다. 그리고는 내 눈치도 보지 않고 사무실 외벽에 설치된 금고로 걸어갔다. 그는 금고를 열면서 왼발로는 책상 옆에 놓여 있던 가죽 가방을 끌어왔다.

금고 안에는 서류도 많았지만 달러 뭉치도 상당했다. 그는 그중에서 서류 한 장을 찾아 꺼내 와 내게 건넨 다음, 금고에 있는 달러 뭉치들을 가죽 가방에 넣기 시작했다. 그는 그 행동을 계속하면서 비장한 얼굴을 내게 돌려 보였다.

"밑을 봐. TA3021번부터 4번 컨테이너까지. 왜 그렇게 보는 거지? 달러? 네가 찾는 컨테이너 안에 수천만 달러치의 약이 쌓여 있으니까 그걸 처분하면 될 거 아냐."

"도망치려는 건가?"

"알 거 없잖아. 너는 네 할 일이나 해."

"한 가지 더."

"또?"

"서버 관리실이 어디에 있지?"

"그 정도는 네가 알아서 해. 시간이 없어. 곧 빅핏의 사람들이 올 거야. 싯…… 3층이야. 너 이 자식, 이것 하나만 알아 둬. 오늘 너희가 저지른 일 때문에 너희도 나도, 다 엿 됐어. 이건 오바마가 와도 해결 못 해."

그는 그 말을 끝으로 금고 안에 있던 달러 뭉치를 모두 가방에 옮겨 담았다.

나는 그만 자리에서 일어났다. 더스만의 언행에서 꾸밈을 느낄 수 없었기 때문에 잠깐 일었던 의심을 떨쳐

냈다. 오히려 나보다 그가 더 급해 보였다.

그를 사무실에 남겨 놓은 채 문을 열고 나왔다. 모니터를 보면서도 나를 힐끔힐끔 보는 시선이 사방에서 꽂혔다. 나는 보란 듯이 손에 들고 있던 권총을 천장에 겨눴다. 방아쇠에 걸쳐진 집게손가락, 거기에서 느껴지는 약간의 무게감, 지그시 누르자 빠앙! 소리와 함께 손바닥 전체로 진동이 느껴졌다. 천장 위에서 콘크리트 파편들이 부스스 떨어져 내렸다.

사무실 직원들이 비명을 터트리며 일사불란하게 움직였다. 누구는 책상에 엎드리고, 누구는 수화기에 손을 올리고, 누구는 책상 밑으로 숨는다.

공포에 질려 있는 그들의 눈동자를 보니 내가 꼭 은행 강도가 된 듯한 기분이 들었다.

"기회 줄 때 나가. 셋만 세겠어. 모두 여기서 나가."

차분하게 말했다.

잠시 정막이 감돌더니 모두가 일사불란하게 움직이기 시작했다.

나는 직원들이 모두 나간 것을 확인한 뒤 실내에 있는 계단으로 향했다. 터질 듯이 가득 찬 가죽 가방을 든 더스만도 어느새 그 무리 속에 끼어 있었다.

당연하게도 3층 서버실은 잠겨 있었다. 문을 박차고

들어갔다. 쿵 소리를 내면서 철제문이 뒤로 넘어갔다. 그와 동시에 팬(fan)이 돌아가는 미세한 소리가 들리며, 컴퓨터 본체와 함께 외부 저장 기록 장치들이 시선에 들어왔다. 볼록한 구식 모니터 다섯 대는 각각 화면을 12개로 나뉘어, 총 60여 곳의 감시 영상을 실시간으로 보여 주고 있었다.

건물에서 빠져나와 사정없이 도망치는 직원들, 검문소를 통과하기 시작한 검은색 서브 차량들, 건물을 향해 뛰어오는 사설 경비 요원들 그리고 이런 일들과는 아무런 상관없다는 듯 덩그러니 자기 자리에 위치한 컨테이너 박스들.

모든 게 보였다.

공력을 끌어 올리자 손바닥에선 붉은색 아지랑이가 피어올랐다. 그것은 마치 모든 것을 휩쓸어 버릴 붉은 용의 혓바닥 같았다. 터트리자. 나는 그렇게 생각하며 쌍장(雙掌)을 뻗었다.

처음에는 붉은색 아지랑이로 이뤄진 줄기 두 개였다. 60개의 눈을 가진 모니터는 폭발과 동시에 사방으로 파편을 튀겼다. 모니터를 뚫고 지나간 장력은 한 걸음 거리를 나아갈 때마다 분할하였다. 두 개에서 네 개로, 네 개에서 여덟 개로, 여덟 개에서 열여섯 개로, 열여섯 개에서 서른두 개로······.

5초도 안 되는 순간에 붉은색 장력이 서버실 안을 휩쓸고 지나갔다. 폭발음이 사정없이 들리고 파편들이 날아다녔다. 불길이 치솟고 매캐한 냄새가 코를 찌른다. 반쯤 타다 만 자기 테이프가 내 쪽으로 날아와 발에 차였다.

서버실 안은 연기와 화염으로 가득했다. 그리고 마지막, 나는 사방을 채운 공력을 터트렸다. 그러자 콰아아아아앙! 하는 소리와 화염과 함께 콘크리트 파편들이 태풍처럼 몰아쳐 왔다.

나는 무너진 천장 밖, 어느덧 달이 뜬 밤하늘을 향해 치솟아 올랐다.

함께 솟구친 커다란 불기둥이 나를 감췄다.

* * *

에밀리사 3층 건물이 불길에 휩싸였다. 그 불길은 사방을 환하게 만들었다.

도망치던 사람들은 잠시 넋을 잃고 그 광경을 바라보고 있었다. 막 건물로 진입하려 했던 사설 경비 요원들도 어찌할 바를 몰라 하고 있었다. 잠시 뒤 검은색 서브 차량들이 도착했다. 거기에서 소총을 든 갱들이 뛰어나왔다.

나는 거기까지만 확인했다.

모퉁이를 돌아 목표 지점으로 향했다. TA3021, 그 컨테이너 박스는 다른 박스들과 다를 바 없어 보였다. 경비 요원도 없었고 특별히 CCTV를 더 설치한 것도 아니었다.

두 주먹을 합친 것보다 큰 철제 자물쇠가 걸려 있었다. 나는 공력을 감싼 손날로 그것을 끊었다.

끼이익.

컨테이너 박스가 비명을 토하며 입을 열었다. 한 걸음 내딛자 터어어엉 하고 묵중한 소리가 메아리쳤다.

컨테이너 박스 안에는 나무 상자들이 가득했다.

상자 밖으로 튀어나온 토끼 귀를 잡아 올렸다. 어설픈 솜씨로 만들어진 봉제 인형이었다. 디즈니사의 바니를 엉성하게 닮은 그것은 나를 보며 웃고 있었다. 그것의 배를 뜯어내자 역시나 새끼손톱보다도 작은 비닐이 나타났고, 비닐은 소량의 하얀색 약을 품고 있었다.

TA3022 안의 감자 상자 안에서는 불법 밀수 무기들을 찾아냈다. 권총과 자동 소총은 물론이고 심지어는 수류탄과 정체를 알 수 없는 화기들이 먼바다를 넘어와 자리하고 있었다.

당장에라도 전쟁을 벌여도 될 만큼의 무기들이 세계 최고의 항구로 밀수되고 있다니.

그것은 내게 작지 않은 충격으로 다가왔다.

TA3023에는 각 종류의 의약품이, TA3024에는 위조지폐로 추정되는 것들이 가득했다.

가는 날이 장날인 것일까? 아니면 매일같이 천문학적인 금액으로 환산될 불법 밀수가 이뤄지고 있는 것일까? 자세한 것은 알 수 없었지만, 이곳이 세계에서 한 손에 꼽는 불법 밀수 현장이라는 것, 이것만큼은 분명했다.

그때, 인기척을 느끼고 컨테이너 박스 밖으로 나왔다. 이쪽을 향해 달려오는 한 남자가 보였다. 그는 무턱대고 소총을 난사했다. 드르륵. 드르륵. 어둠 속에서 번뜩이는 수십 개의 탄환이 회오리치며 날아오기 시작했다.

탄환은 그 무엇보다 빠르다.

심지어 내 움직임보다도 빠르다.

탄환이 쏘아져 나온 다음에 피하는 것은 어렵다. 피하고자 했다면 시각과 청각을 고도로 집중하여 방아쇠를 당기는 그 순간, 그 소리를 듣고 그것들의 목표 지점에서 벗어나야 한다. 그러나 나는 서 있었고 탄환은 날아오고 있었다.

어김없이 나는 그것들을 뻘건 쇳물로 만들었다. 내 전신을 휘감고 있던 기운들은 폭발과 함께 뛰쳐나온 납덩어리를 짓이겨 놓기에 충분할 만큼 뜨거웠다.

그대로 달려나가 제일 앞에 서 있던 녀석의 목을 움켜쥐었다. 물컹한 살집을 파고들었다. 그러자 딱딱한 뼈가 느껴졌다. 당혹감 속에서도 살의에 가득 찬 녀석의 눈동자를 보니, 녀석을 살려 둬야 한다는 생각이 들지 않았다. 지금껏 얼마나 많은 사람들을 죄책감 없이 죽여 왔을까.

그대로 손에 힘을 줘 녀석의 목을 비틀었다. 손을 놓자 녀석이 무겁게 쓰러졌다.

목이 꺾여 부자연스러운 모습의 시신을 내려다봤다. 그리고 일말의 망설임도 없이 사람을 죽였다는 사실을 깨달았다.

그때, 저 멀리에서 여러 사람들이 빠르게 접근하는 것이 느껴졌다. 더 이상의 살상은 무의미하다고 생각했다. 그래서 나는 이제 그만 일을 끝낼 생각으로 호흡을 깊게 들이마셨다.

후우 하고 내뱉은 날숨과 함께 공력의 열기가 머리끝까지 뻗쳤다. 온몸이 뜨겁게 달궈지는 것이 느껴질 때 쌍장을 뻗었고, 눈앞에 보이는 컨테이너 박스들이 불길에 휩싸이는 것을 마지막으로 몸을 돌렸다.

콰아아앙!

제 2장
기이한 문신

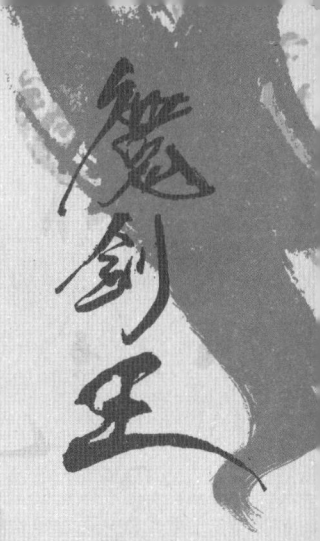

"기, 기다려!"

모퉁이를 돌아 나오자 버클과 딱 마주쳤다. 사방에서 미친 듯이 타오르는 컨테이너 박스 때문인지 녀석의 얼굴도 붉게 변해 있었다.

녀석을 지금 죽여 버릴까 하고 고민했다. 녀석을 살려둔 건 빅핏에게 작금의 상황을 전할 사람이 필요해서였다. 그러나 내가 빅핏에게 입힌 천문학적인 단위의 피해, 그 자체만으로 사자(使者)는 특별히 필요할 것 같진 않았다.

그런 생각들을 하며 녀석에게로 걸어갔다. 심상치 않

은 기운을 느낀 버클은 바닥에 무릎부터 꿇었다. 그리고는 내게 생사를 맡긴다는 듯한 표정으로 나를 올려다보았다. 측은해 보일 정도로 녀석은 불쌍한 표정을 짓고 있었다.

"……지금 죽을 수 없어. 사람들은 다 각자의 사정이라는 게 있는 거라고. 나는 죽기 싫어."

"무슨 말이 하고 싶은 거야?"

"그, 그러니까 나를 데려가 줘. 너라면 내가 여기에서 빠져나가게 할 수 있잖아."

녀석은 여전히 무릎을 꿇은 채 말했다.

"내가 어떻게 빠져나갈지 생각도 안 한 줄 알아? 어쨌든 계획은 변경되었어. 널 죽여도 되겠어."

"잠깐! 나를 네 보스에게 데려다 줘. 다 불겠어. 아는 거 모조리 다. 나는 건즈에 치명상을 입힐 만한 것들을 잔뜩 알고 있다고. 지난 수년간 할렘은 내 관할이었어. 나는 모든 일을 다 안다고."

그는 내 뒤쪽에서 불타고 있는 컨테이너 박스로 잠깐 시선을 돌렸다가 다시 나를 쳐다봤다.

"그냥 죽어."

녀석의 목을 잡아 일으켜 세웠다. 녀석이 겁에 질린 얼굴로 아무렇게나 고개를 저었다. 그러면서 녀석은 마지막 항변을 속사포로 퍼부어댔다.

"잠깐, 잠깐! 나를 죽인 다음엔? 응? 나를 죽인 다음엔 어쩔 건데? 조직의 추격을 어떻게 피하려고?"

그가 헐떡거리며 계속 말했다.

"지금 당장은 피할 수 있어도 언젠가는 잡혀서 생각도 못한 고문을 당할 거야. 너도, 네 가족들도! 다들 네 얼굴을 알아! 모든 게 찍혔어. 조직뿐만이 아니야. 주립경찰도 연방수사국도, DEA(마약단속국), ATF(총기단속국)도 전부다 너를 뒤쫓을 거야. 네가 한 짓을 봐!"

"글쎄."

나는 아까보다 더욱 불길이 치솟고 있는 에밀리사 건물 쪽으로 시선을 돌렸다.

"여기 말고, 내 집 말이야. 내 집 주변에는 주에서 관리하는 CCTV가 많아."

"네 집 주변에는 CCTV가 없어."

그것은 몇 번이고 확인해 봤다.

"싯! 아무튼, 시, 시간이 없어. 사람들이 몰려오잖아. 가면서 다 얘기해 줄게. 제발……."

잠깐의 고민 끝에 녀석을 놓아주었다. 녀석은 내 손에서 풀려나자마자 검은색 벤츠로 뛰어갔다. 운전석에 타면서 내게도 어서 타라고 손짓했다.

사실 내 얼굴이 찍혔다고 해도 역용을 한 상태라 크게 문제 될 건 없었다.

다만, 이쪽 세상에서는 상식을 넘어선 내 신위가 영상 매체에 기록되었다는 것은 상당히 꺼림칙한 일이었다. 그래서 에밀리사에 오자마자 한 일도 서버실을 파괴하는 것이었다. 그리고 로스턴 하우스로 향하면서도 CCTV 설치 여부를 재차 확인했던 것이다.

조수석에 탔다. 녀석은 내게 뉴욕 양키즈 모자 하나를 건넸다. 무슨 뜻인지 알아채고 그것의 챙을 얼굴을 가릴 만큼 깊게 눌렀다. 우리는 검문소를 쉽게 빠져나갔다.

다른 차들과는 달리 버클의 차를 알아본 항구 직원이 직원용 간이 도로를 열어 줬기 때문이다. 건너편 부두로 들어오는 도로에선 NYPD와 소방차들이 사이렌을 울리며 꼬리에 꼬리를 물었다. 그뿐만 아니라 버클의 말대로 간간이 마약 단속국의 차도 끼어 있었다.

"너는 완전히 벌집을 쑤셔 놓은 거야. 가뜩이나 다들 여기를 주시하고 있었는데."

버클은 그렇게 말하면서도 상당히 침착해져 있었다. 죽지 않을 수 있는 희망을 발견해서일까.

"아까 그 말이나 해 봐, CCTV."

"네가 어디까지 확인했는지는 모르겠지만, 곳곳에 CCTV가 위장되어 설치돼 있어. 보통 CCTV가 아니야. 그것들은 너무도 평범해서 CCTV인지조차 모르지.

차, 나무, 가로등, 쓰레기통…… 어디에든 숨겨져 있어."

"계속."

"내가 그런 걸 어떻게 아느냐고 생각하겠지? 이걸 설명하려면 할렘 23경찰서장이 그간 내 돈을 얼마나 처먹었는지 다 말해야 돼. 다 말하긴 길어."

"……."

"우리 돈을 처먹고 있긴 하지만 그래도 일은 하고 있다는 걸 상부에 보고해야 되나 봐. 그렇겠지. 그래서 내게 허락을 받고 우리 집 주변에 염병할 CCTV들을 설치했다고. 얼마나 감쪽같이 설치했는지, 그 돼지가 어디에 설치했는지 말해 주지 않았다면 몰랐을 거야. 너도 그 CCTV영상이 검사실로 들어가길 원치 않지? 그렇지?"

"듣고 있다."

나는 짧게 뇌까렸다.

"할렘 23경찰서에서 녹화 영상을 관리해. 지금이 아니면 안 돼. 내일이면 검사실로 옮겨질 거야. 그리고 빅핏은 부장 검사와 함께 너를 어떻게 요리할지 논의할 거야."

버클이 내 눈치를 살피며 계속 말했다.

"기록은 내가 달라고 하면 원본 그대로 줄 거야. 조직

상부로 전달하는 줄 알겠지. 그러니까 내가 그걸 가져오면…….”

"너를 살려 달라?"

"그래. 빅핏, 그놈에게서……"

나는 웃음을 터트렸다.

"왜?"

녀석이 물었다.

"빅핏이 나를 잡아 잔인하게 고문할 거라고 그랬지 않았나? 그런 내가 너를 어떻게 살려 주겠어."

"내가 이따위도 계산하지 못할 것 같아? 너는…… 너는…… 유별나잖아. 네가 벌인 이 짓거리들…… 나는 다 봤어. 대체 너는 어떤 자식이지?"

"기어오르지 마. 그리고 너를 살려 줄 것인지 말 것인지는, 그 원본을 보고 생각할 거니까."

CCTV를 다 확인했다고 생각했는데 그것이 아닌 모양이었다. 감시 카메라라곤 관공서에 설치된 사각형 박스에 든 기다란 카메라와 돔 형식의 반원 꼴 카메라만 봐 왔었다. 지금도 버클이 말하는 CCTV 카메라가 어떤 식으로 감춰져 있는지 감이 잡히지 않는다. 하긴 뉴욕주 정도라면 새끼손톱보다 직은 극소형 감시 카메라 정도는 얼마든지 구비하고 있을 것이다.

더군다나 감시 대상이 대형 갱단의 중요 지점이라면

극소형 감시 카메라뿐만이 아니라, 위성을 동원해 24시간 감시하고 있다고 해도 무리가 아니다.

경솔했다.

그 점은 인정한다.

마음이 복잡해진다.

더 쉽게 해결할 방법이 있었을지도 모르는데, 내가 지닌 큰 힘을 믿고 무작정 움직인 것은 경솔했다.

평소의 나답지 못했다는 기분이 들었다.

"감시 카메라는 그게 다야?"

내가 물었다.

"어?"

"다른 것도 있지 않느냐고, 위성 같은."

"왜 내가 경찰서장에게 피 같은 돈을 먹이고 빅핏이 정부에 왜 로비를 하는데, 그게 다야. 23경찰서에서 녹화본만 빼내오면 더는 없어. 내 목을 걸지."

"거짓이면 목이 열 개라도 모자랄 거야. 그럼 운전이나 해."

한 시간가량을 달려 경찰서 앞에 멈춰 섰다.

경찰들은 분주했다.

위화감이 들 정도로 이쪽을 쳐다보는 경찰들의 시선이 매우 곱지 않았다. 버클은 선팅이 짙으니 밖에서는 안을 절대 볼 수 없을 거라는 말과 함께 차 문을 열고 나갔다. 그는 마치 민원인처럼 태연하게 경찰서 문을 열고 들어갔다.

 청각을 키웠다. 수십, 수백의 잡다한 소리들이 쏟아져 들려왔지만 잠시 뒤 버클과 경찰서장의 목소리만 들리게 되었다. 경찰서장은 부하 직원들을 물리치고 버클과 독대를 했다.

 "버클! 어떻게 된 거야? 내가 그렇게 부탁했는데, 이렇게 큰일을 만들어 버리면 나보고 어떡하라는 거야? 내 연금이 날아가는 소리 안 들려?"

 "닥쳐. 나도 지금 뵈는 게 없으니까. 당신은 연금이 날아가겠지만 나는 내 목이 날아갈 판인 거, 누구보다도 당신이 잘 알잖아? 다짜고짜 그렇게 나오시면 같이 죽자는 거로밖에 안 들리는데, 그렇게 할까? 같이 죽어 볼까?"

 "누누이 말했지? 그런 협박 통하지 않으니까 꺼내지도 말라고. 내가 지금 미란다, 그년 때문에 생긴 법 조항을 일일이 다 말해 줘야 하는 거야? 그리고 조용히 말해. 밖에 다 들려. 부하들이 들어와서 네놈을 체포해야 한다고 하면, 나는 지켜보고 있을 수밖에 없어."

 "당신 부하들? 맥? 콜린? 누구? 누가 나를 체포해야 한다고 말할 수 있는데?"

 "지금 상황이 어떤지 몰라? 소란 피워서 너도나도 좋

을 게 없어. 원하는 게 뭐야? 아니, 내가 해 줄 수 있는 일은 없어. 일이 너무나도 커졌어. 연방수사국에서 사건을 지휘할 거야. 지금 사람이 오고 있어."

"걱정하지 마. 당신이 충분히 해 줄 수 있는 일이야. 내 집을 찍은 녹화본을 가져와. 그거면 돼."

"그거면 된다고? 하! 그걸 주면 내사과에서 나를 가만히 두질 않을걸. 내사가 들어오자마자 내 연금은 모조리 압류가 될 거야. 그게 꼭 필요해? 그건 내 소관이 아니야. 하드 디스크만 관리하고 있을 뿐이지 다른 모든 권한은 내게 없어. 심지어는 재생도 못 해 봤어. 검사실에서 원본 전체를 요청한 상태라고."

"알 바 아냐. 그리고 당신은 지금 연금을 걱정할 때가 아니야. 살 궁리나 하라고. 하나 더 말해 주자면, 나는 펜실베이니아로 사람을 보내 놨어. 지금쯤이면 아마……."

"펜실베이니아?"

"그래, 당신 딸 애나가 거기에 있잖아. 크크, 펜실베이니아 주립대학교."

"애나, 애나!"

"우리가 무슨 짓을 할 수 있는지 누구보다 당신이 잘 알잖아. 그동안 이런 짓거리를 뒤처리해 준 게 당신이었잖아. 이번에도 잘 부탁해. 우리 애나를 위해서."

"너…… 너……!"

"가져와, 지금 당장. 시간이 없어. 내가 펜실베이니아로 전화를 걸길 원해?"

"알았다. 가져오겠어. 그러니까 네 부하들, 그 더러운 흑인 놈들을 내 딸에게서 다 치워!"

"인종차별적인 말은 하지 말라니까. 아마도 당신 딸 애나는 백인 놈들보다 내 부하들의 것을 더 좋아할걸? 우리 아프리칸의 것은 LSD보다 더 환상적이라고. 당신도 확인해 보고 싶으면 언제든지 말만 해. 내 부하들은 남자 여자 가리지 않아. 특히 내 부하들 중에 당신 같은 백인 중년의 엉덩이에 유독 환장한 녀석이 있다는 것만 알아 둬."

"그만! 그렇게까지 말하지 않아도 우리들 관계는 이제 끝났어! 다 알아들었다고. 나를 더 자극하지 마. 나를 더 자극하면…… 더 자극하면……."

"크흐흐흐, 알았어. 그러니까 당장 녹화본을 가져와. 지금 당장! 당장!"

잠시 뒤 버클이 돌아왔다. 녀석은 케이스에 든 CD 여러 장을 보물이라도 되듯 꼭 안고 있었다. 내가 팔을 뻗자 녀석이 몸을 흠칫하며 상체를 굽혀 CD를 가렸다.

"수완이 좋던데. 경찰서장을 협박하는 것을 보니 한두 번 해 본 솜씨가 아니야. 그게 녹화본인가?"

"약속해. 나를 살려 주기로. 빅핏으로부터 나와 우리 가족들을 보호해 주기로."

"녹화본을 확인해 봐야겠지."

"약속해. 시간이 없어. 곧 경찰서장이 내가 거짓말한 것을 알아차릴 거야. 불도저처럼 샷건을 쏴대며 올 거야. 아악!"

나는 녀석의 팔을 잡아 비틀었다. 그런 다음 녀석의 품에서 CD들을 끄집어냈다.

"너는 악당이야, 버클. 죽어 마땅해. 왜 널 살려 줘야 하는지 모르겠군."

"약, 약속이 틀리잖아."

"나머지 얘긴 여기서 나가서 듣기로 하지. 네 말대로 뚱뚱한 백인 남자가 샷건을 들고 달려오고 있어. 무척 화가 난 것 같아. 이쪽을 겨눴어."

"젠장!"

* * *

버클이 인적이 드문 거리 골목에 차를 대는 순간, 나는 그의 목을 꺾었다. 그런 다음 역용을 풀면서 죽은 그의 소지품을 검사했다. 따로 감춰 둔 CD는 없었다.

집으로 돌아오는 길은 무척이나 어수선했다.

뉴욕 시민들은 테러라도 일어난 듯한 반응들이었다. 커다란 전광판에선 화염에 휩싸인 뉴욕항 에밀리사 건물의 실시간 상황이 방송되고 있었는데, 시민들은 바쁜 걸음을 하면서도 전광판에서 시선을 떼지 못했다.

할렘가의 분위기는 사뭇 달랐다. 언제나 골목 어귀에서 저질 그림과 퍼즐 책 판매상으로 위장하고 있던 마약상들은 모두 사라지고 없었다. 부랑자도 없었다. 휑한 골목에 돌아다니는 건 불쌍한 유기견들뿐이었다.

"다 찍혔군."

집에 돌아온 나는 녹화 기록부터 확인했다. 노트북 모니터 화면 안에는 내 모습이 고스란히 찍힌 감시 영상이 4분할되어 재생되고 있었다.

화면 안의 나는 막 현관 앞에 있던 조직원을 쓰러트리고 나오는 중이었다.

나는 16배속 재생을 한 것처럼 빠르게 움직여 조직원들을 제압했다. 조직원들이 쓰러지기 무섭게 주변의 권총과 소총들이 내 앞으로 날아왔다. 붉은 기운을 일으키면서 그것들을 짓이긴 뒤 사방으로 쏘아 보냈다. 파편이 날아가는 장면은 찍히지 않았다.

그러기엔 너무나 빨랐다.

단지 붉은 기운들이 번쩍거리는 것만 보였고 그것도 잠시뿐, 차가 폭발하고 유리창이 깨졌다.

그때 중요한 CCTV 카메라도 깨진 모양이다. 4채널 중 2채널만 정상적으로 재생되고 있었는데 그것들은 로스턴 하우스 후면 쪽을 찍은 것들이었다.

그 자리서 나는 CD를 삼매진화(三昧眞火)로 증발시켰다. 그런 나를 보며 흑천마검이 낄낄거렸다.

─애송이, 손에 사정을 너무 뒀군. 사천에서 있었던 전쟁에서 우리가 인간들을 어떻게 죽여댔는지 기억이 안 나? 친히 우리의 손으로 배를 찢고 내장을 꺼냈지.

나는 흑천마검을 무시하며 자리에서 일어났다. 막 몸을 돌리는 찰나 거울 안으로 내 모습이 비쳤다.

이게 지금의 내 얼굴인가? 거울 안의 나는 몹시 차가운 얼굴을 하고 있었다. 어떠한 감정도 느껴지지 않았다. 얼굴을 만져 봤는데 표정과는 달리 온기가 있어서, 자조적인 미소가 떠올랐다.

오늘은 많은 일이 있었다. 그중 하나는 망설임 없이 사람을 죽였다는 것이다.

지난 정사대전에서 수없이 많은 사람을 이 손으로 죽였다. 그러나 지금의 경우는 다르다.

이 세상에서의 첫 번째 살인이다. 그런데 그것은 형법으로 따져 봐도 정당방위라 할 수 없다.

왜냐하면 녀석이 내 생명을 노린 것은 맞지만 내게는 아무런 위협도 되지 않았기 때문이다. 놈이 내게 부당한 침해를 하였느냐고 자문해 본다면 고개부터 저어진다. 내가 놈을 죽인 건 침해를 방어하기 위한 행동이 아니라 '응보(應報)'였다.

나를 공격해서 괘씸하고 또 놈이 많은 사람을 죽여 왔다는 확신 때문에 놈을 죽였다.

죽이지 않고 제압할 수 있음에도 불구하고 죽어 마땅한 자라서 죽였다.

과연 정의인가?

옳은 행동인가?

이런 내 행위를 사법 주의자들과 칸트는 비난할 것이다. 로크는 사회를 무너트리는 행위라고 역설할 것이다. 하지만 벤담은 옳은 일이라고 말할 것이다. 놈의 죽음에 따른 공공의 이익을 수치로 계산했을 때, 손실보다도 이득이 크다. 놈이 사라짐으로써 사회가 얻는 이득이, 놈의 노동력과 가족들의 슬픔을 상회하고도 남으리라. 아니, 독자적으로 사법권을 행사하고 다닐 힘이 있는 존재가 있다는 것이 사회에 알려진다면, 조금 전의 내 행위는 공리주의자들에게도 비탄을 받을 만한 행동일 수도 있다.

그럼에도 불구하고 내 행위가 조금도 부끄럽지 않다. 당대의 유명한 윤리 철학자들이 내 행위를 거부할지라도, 내 자신 스스로가 정당하다고 느끼고 있기 때문이다.

정의는 진리가 아니다.
상대적이다.

                *   *   *

 뉴욕주 부장 검사가 긴급 기자회견을 열어 이번 사건의 주동자에게 책임을 묻겠다는 단호한 의지를 표명했다.
 세계 제일의 항구라고 자부하는 뉴욕항에서 갱들 간의 전쟁이 발발했다는 소식이 뉴욕 시민들의 자존심에 큰 상처를 입힌 것이다. 기자회견의 내용은 검찰이 수사를 지휘하고, 연방수사국과 마약 단속국 그리고 총기 단속국이 공조하여 강력범죄를 척결하겠다는 내용이 주를 이뤘다.
 왔군.
 놈들이 왔음을 느끼고 리모컨 버튼을 눌렀다. 격앙된 부장 검사의 목소리가 금세 사라졌다. 그러자 현관문 앞에서 발걸음 소리가 또렷하게 들리기 시작했다.
 문이 열렸다.
 백인 남성 한 명이 안으로 들어왔다. 놈은 피부색 외에도 이전의 침입자들과 분위기가 달랐다.
 복면을 쓰지도 않았을 뿐만 아니라 윤이 나는 검정

슈트 차림을 하고 있었다. 녀석은 갱이라기보단 워싱턴 D.C.의 행정 관료 같은 인상이 강했다.

무테안경을 쓴 그 녀석이 먼 소파에 앉아 있는 나를 발견했다. 그는 나를 힐끔 보더니 갱 조직원들이 감금된 방으로 향했다. 그곳에서 새어 나오고 있는 희미한 신음이 녀석의 발걸음을 이끈 것 같았다.

그가 방문을 열자마자 조직원 한 명이 힘들게 기어 나왔다. 놈은 감금된 조직원들에서 시선을 떼고, 나를 보며 기가 차다는 듯한 표정을 지어 보였다.

그리고는 품 안에서 권총을 꺼내 일말의 망설임도 없이 조직원의 머리에 쐈다. 소음기가 달린 총이라 큰 소리는 나지 않았다. 잠시 후 화약 냄새만 풍겼다.

놈은 당연하게도 혼자 오지 않았다. 소총으로 무장한 갱들이 난간 밖에 있었다. 놈의 동행인은 옥상과 계단, 그리고 맨션 밖에도 존재했다.

"빅핏이 보냈나?"

불쑥.

녀석이 주머니에서 복면 하나를 꺼내 내 앞으로 던졌다. 그 복면이, 내 물음에 대한 녀석의 대답이었다.

대형 마드에서 쉽게 구할 수 있는 방한용 마스크와 비슷했는데, 눈 부분이 엉성한 솜씨로 꿰매져 있었다. 의도한 것인지 복면 군데군데 피가 굳어 있었으며 악취가 났다.

"써."

그의 어투는 매우 강압적이었다. 지금껏 보아온 갱들과는 느낌이 다르다. 그에게서는 오랫동안 사람들 위에서 군림해 온 냄새가 났다. 예상대로 빅핏이 측근을 보낸 것이다.

그는 내게 거리를 두고 총을 겨눴다.

복면을 쓰는 데 조금만 망설여도 그는 그대로 방아쇠를 당길 것만 같았다. 그래서는 곤란하다. 나는 순순히 잡혀가 줄 생각을 하고 있었다. 별다른 정보망이 없는 내겐 그것이 빅핏에게 접근할 수 있는 가장 쉬운 방법이기 때문이다.

복면을 주워 들어 뒤집어썼다. 약간의 불빛이 새어 들어오는 것 말고는 보이는 게 없었다.

"그래도 생각은 있군……."

구둣발 소리와 함께 그의 목소리가 점점 가까워졌다. 이윽고 그는 내 앞에 섰다. 놈을 죽이는 것은 식은 죽 먹기보다 쉬웠으나 가만히 있었다.

앞에서 부스럭거리는 소리 다음에 비닐이 찢기는 소리가 났다. 그리고 따가운 것이 목에 닿았다.

주사침이다.

나는 내력을 일으켜 그것을 팅겨내지 않았다. 그뿐만

아니라 몸을 보호하기 위해 반사적으로 일어날 반탄진 기까지 억제했다. 미세하면서 차가운 금속이 우측 목 옆을 소리 없이 찌르고 들어왔다. 곤두선 감각 때문에 주사침에서 나오는 약물이 근육 주변으로 퍼지는 것이 느껴졌다.

사르르.

그것은 순식간에 머리끝까지 치밀어 오르며 내 눈을 감기게 만들었다.

내 의지와 상관없이 눈이 감기려는 찰나였다. 몸에 퍼지는 이질적인 느낌에 집중했다.

순식간에 혈관으로 녹아들면서, 본래 내 것이었던 것처럼 동화되려는 그것의 느낌을 놓치지 않기 위해 감각을 더 키웠다. 그런 다음에 본래 내 것이 아니었던 것을 분리시켰다. 그것들을 혈관으로 밀어 넣어 오른손 끝으로 이동시키자, 다섯 손톱 끝으로 약물이 새어 나오기 시작했다.

나는 그것을 감추기 위해 몸을 꿈틀대면서 손을 티셔츠 안에 집어넣었다. 티셔츠가 촉촉이 젖어들어 가는 것이 느껴진다. 약물의 정체가 무엇인지 예상되는바, 나는 온몸에 힘을 빼고 팔다리를 늘어트렸다. 고개 또한 떨어뜨렸다.

그가 내 머리를 움켜쥐었다.

팍!

이리저리 고개가 꺾이는가 싶더니 정강이에서 통증이 일었다. 이 정도 통증에 신음을 낼 내가 아니었다. 그제야 그는 내가 정신을 잃었다고 확신했는지 머리에서 손을 뗐다.

잠시 뒤 감각이 곤두선 귓속으로 뚜뚜 하는 통화 연결음이 들리기 시작했다.

"140번가입니다. 한국인 정(Jung)만 있었습니다. 우리를 기다리고 있었던 듯이 보였습니다."

"그렇겠지."

굵은 목소리가 자그마하게 들렸다. 그것이 빅핏의 목소리라는 직감이 들었다.

"형제는?"

"없습니다. 지금 데려가겠습니다."

통화는 거기서 끝이 났다.

현관문 밖에 있던 여러 기운 중 둘이 집 안으로 들어오는 것이 느껴졌다. 한 녀석이 나를 거칠게 일으켜 다른 녀석의 등에 업혔다. 내가 업힌 녀석은 등이 넓었다. 약물에 의해 정신이 잃은 것처럼 움직이지 않았다.

"전부 다 불태웁니까?"

새로운 녀석의 목소리였다.

"이자의 형제들도 우리가 방문했다는 것을 알아야 하

니까. 그리고 집 안을 뒤질 필요는 없다. 우리를 기다리고 있었는데 쓸 만한 것들을 남겨 두진 않았겠지."

"예, 로스턴 녀석들도 함께 말입니까?"

"연방수사국의 관심을 받아서 좋을 건 없지. 따로 옮겨서 모두 소각시켜. 그 녀석들 때문에 손해가 이만저만이 아니야."

그 대화를 끝으로 나를 업고 있던 녀석이 움직이기 시작했다. 계단을 내려갔고 나는 차 안으로 밀어 넣어졌다. 내 양옆에는 두 사람이 앉았다.

곧 차체의 진동과 함께 시동 걸리는 소리가 들렸다.

차 안은 무척 조용했다. 운전사도, 조수석에 앉은 백인 녀석도, 그리고 내 양옆에 앉은 두 녀석도, 모두 브루클린 방향으로 이동하면서 한마디도 하지 않았다. 라디오도 틀어 놓지 않았기 때문에 시간 가는 것이 무척 더디게 느껴졌다. 세 시간가량이 지났다고 생각이 드는데, 실제론 한 시간밖에 지나지 않았을 수도 있었다.

한참 동안 조용하다가 겨우 들린 소리는 백인 녀석의 "준비해."라는 소리였다.

그가 입을 연 후 오래 지나지 않아 차가 멈춰 섰다. 녀석들이 나를 차 밖으로 꺼냈다. 차가운 밤공기가 복면 사이로 새어 들어온다. 복면의 악취에 익숙해졌다

싶었는데, 신선한 공기가 다시 맡아지기 시작하자 복면의 악취도 동시에 들끓는다.

나는 녀석들에 의해 어디론가로 옮겨졌다.

지하는 아니었다.

엘리베이터를 탔다. 우리는 꽤 오랫동안 상승하는 엘리베이터 안에서 머물렀다. 고층 빌딩 안이다. 우리들과 옥상 위에서 대기하고 있는 몇몇 외에는 다른 기운들이 느껴지지 않았다.

조금 더 감각을 확장시켜 보고서, 나는 이곳이 아직 도심지 안이라는 것을 알 수 있었다.

브루클린 교외로 왔다면 시민들의 눈치를 볼 것 없이 마음껏 힘을 발휘할 수 있지만, 도심지 안이라면 수많은 방범용 CCTV 때문에 행동에 제약이 생긴다. 그런 아쉬움도 잠깐, 엘리베이터 밖으로 옮겨지자마자 굉음이 들리기 시작했다.

두두두두두.

그때 강한 바람이 전신을 덮쳤다. 복면이 얼굴에 착 달라붙고 티셔츠와 바지가 세차게 펄럭였다. 굳이 복면을 벗지 않아도 회전날개가 세차게 돌아가고 있는 헬리콥터가 바로 코앞에 있음을 알 수 있으리라.

나는 헬리콥터 안으로 던져졌다. 그 상태로 십 분가량을 가만히 있었다. 잠시 뒤 백인이 탑승하였다.

그는 내 오른팔을 잡아당기더니 손목에 수갑을 채웠다. 나머지 자물쇠는 헬리콥터 내부 한 부분에 채우는 것 같았다. 살짝 힘을 주면 끊어질 약한 자물쇠가 그에게는 믿음을 준 모양이었다.

그가 복면을 벗겼다. 그럼에도 불구하고 악취는 여전히 얼굴 전체에 남아 있었다.

"출발해."

그가 크게 외쳤다. 바로 옆 사람의 목소리도 들을 수 없을 만큼 큰 헬리콥터 소음 때문이었다. 그는 그렇게 내렸고, 헬리콥터 내부에는 나와 조종사와 부조종사 셋 뿐이었다.

두두두두.

기체가 상승하면서 동시에 몸이 앞쪽으로 쏠렸다. 그대로 고꾸라지는 나를 수갑이 철컹, 소리를 내면서 지탱했다. 하지만 비정한 녀석들은 내가 시트에서 떨어진 불안정한 자세로 있음에도 불구하고 자세를 교정해 주지 않았다.

젠장.

정신을 잃은 척하는 것도 못 할 노릇이다.

*　　　*　　　*

한참을 날아갔다.

날아가는 방향을 가늠해 보니 일부러 허공을 배회하면서 시간을 끌고 있었다. 그 이유는 내가 깨는 시간과 백인 녀석이 빅핏과 합류하는 시간을 맞추기 위해서인 듯했다. 조종사는 간간히 백인 녀석과 연락을 취하며 시간을 맞췄다.

헬리콥터는 허공에서 배회하고 있지만 조금씩 동쪽을 향해 날아가고 있었다.

"너무 조용한데? 이미 깰 시간이 넘었어. 저 아시안 놈, 이미 깨 놓고선 연기하는 거 아니야? 확인해 봐."

앞에서 조종사의 굵은 목소리가 들렸다. 부조종사 석에서 뒤척이는 소리가 돌렸다.

눈을 뜨자 나를 빤히 쳐다보고 있는 부조종사와 눈이 마주쳤다. 그는 알렉스를 닮은 히스패닉으로 머리에 선글라스를 걸쳐 놓고 있었다. 그가 조종사를 향해 "깼네."하고 툭 내뱉으면서 나를 계속 쳐다보았다.

나는 엉거주춤하게 기울어 있던 자세를 바로잡았다.

"어때? 그거 뿅 가?"

부조종사가 무슨 말을 하는지 이해하지 못했다.

"네가 맞은 게 뭔지 알아? 졸레틸(Zoletil: 동물 마취제)을 더 강하게 변용시킨 건데, 들리는 말론 아주 죽이는 약이라더군. 우리 변호사 선생님은 그걸 죽이게 잘

쓰거든. 죽기 전에 천국을 봤으니까 억울하진 않을 거야. 그렇지? 저번에 그걸 맞은 녀석은 손가락이 하나씩 잘려 나가도 좋다고 헤실헤실거렸단 말이야. 너는 어때? 아시안."

"그렇게 관심이 가면 네가 직접 맞아 보는 게 어때."

그 말을 끝으로 녀석의 말에 대꾸하지 않았다. 녀석도 내가 반응을 보이지 않자 내게서 관심을 껐다.

헬리콥터는 바다 위를 날고 있었다.

별빛 하나 없는 밤의 바다는 천년금박의 세계인 양 칠흑같이 어두웠다. 도심지는 물론이고 해안 경비 초소의 불빛이 보이지 않을 정도로 우리는 육지에서 먼 곳까지 날아왔다.

한 시간가량을 계속 날아갔을 때였다. 줄곧 조용하던 부조종사가 또다시 말을 건네 왔다. 그는 세상이 멈춘 것만 같은 바다의 밤이 무척 지루한 모양이었다.

"네 이야기나 들려줘, 아시안. 네 형제들은 정말 대단해. 빅핏에게 제대로 한 방 먹였잖아."

"……."

"난 믿을 수가 없어. 네 형제 중 한 명이 단독으로 에밀리를 자빠트렸다던데, 그거 정말이야?"

"……."

"싯, 재미없는 놈! 너희 아시안들은 언제나 그렇지만

정말 재미없어."

나는 눈을 감았다.

"곧 있으면 평생 자게 될 건데 벌써 잘 필요 있어? 히히, 위트를 가져 봐."

녀석은 노골적으로 나를 조롱했다. 나는 그냥 녀석이 지껄이는 대로 내버려 뒀다. 누가 죽게 될지 모르는 아둔한 녀석 따위에 신경을 쓰기 싫었다.

어둡기만 했던 바다 위로 한 줄기 불빛이 나타났다. 헬리콥터는 그쪽을 향해 날아갔다. 불빛의 발원지는 수백 명이 수용 가능한 커다란 호화 유람선이었다.

까만 도화지 위에서 오로지 그곳만이 휘황찬란하게 발광하고 있어서 더욱 잘 보였다.

유람선 후부에는 이미 헬리콥터 두 대가 자리 잡고 있었다. 그 앞에 헬리콥터 한 대가 더 착륙할 수 있는 착륙장이 있었는데, 내가 탄 헬리콥터는 그곳에 착륙하지 않았다. 잠시 유람선에서 거리를 두고 하늘에 떠 있기만 했다.

어쩐 일인지 거대한 유람선에는 승객이 없어 보였다.

그 이유를 갑판에서 찾을 수 있었다. 그곳에는 소총으로 무장한 남자들이 삼삼오오 모여 있었고, 그 수는 대략 삼십여 명이 넘어갔다. 결국 내가 보고 있는 배는 유람선으로 위장된 무장선(武裝船)임이 틀림없었다.

빅핏이 그곳에 있다는 확신이 들었다. 조종석 쪽은 빅핏 측과 연락 중이었다. 조종사가 연락을 마쳤을 때, 부조종사가 내게 이미 부팅이 된 노트북을 건넸다.

 순순히 그것을 받아 무릎 위에 올려놓았고 부조종사는 실내등을 한 단계 높였다.

 마우스 아이콘이 저절로 움직이기 시작했다.

 원격 조종이 되고 있군.

 그런 생각이 들었을 때 프로그램 하나가 실행되면서 검은색 창 하나가 모니터 위로 떠올랐다. 그것은 곧장 전체 화면으로 커지더니 실내 영상을 전송하기 시작했다.

 나를 찾아왔었던 백인 녀석이 빈 의자에 앉아 카메라 시선을 조정했다.

 "정(Jung), 깼군."

 영상이 더욱 또렷해졌다.

 녀석의 어깨 너머로 보이는 실내는 매우 안락해 보였다. 고급스러운 1인용 소파가 있었고, 고가의 음향 시설과 함께 액자에 보관된 CD앨범들이 벽에 장식되어 있었다.

 "빅핏은?"

 놈은 내 말에 대답하지 않고 자리에서 일어났다. 나는 빅핏을 기다렸다.

잠시 뒤 빅핏이 의자에 앉았다. 그는 매우 마른 장년의 흑인으로 편안한 셔츠 차림이었다.

옆으로 째진 가는 눈동자에서 잔인한 심성이 느껴졌다. 목적을 위해서라면 수단과 방법을 가리지 않을 사람들은 안광부터 다르다. 살아 있지도 죽어 있지도 않은, 그야말로 감정이 실리지 않은 눈동자가 이쪽을 주시했다. 마치 이 모든 일이 자신과는 상관없는 일이라는 듯이 태연하다.

그가 입을 열자 무미건조한 쉰 목소리가 노트북 스피커에서 들리기 시작했다.

"네가 그 정(Jung), 꼬마였군. 그래, 너희들이 내게 뭘 원하는지 잘 알겠어. 얼굴을 봤으니 됐다. 여기까지 온 이상 피차 긴말은 필요 없겠지. 꼬마야, 유언을 남겨라. 네 형제들에게 남길 말을 해. 그 정도 배려는 해 주지. 그게 너희 형제들과 나의 다른 점이란다."

"유언이라."

"너희들이 내게 그랬던 것처럼 나도 너희들에게 보여 줘야 하는 게 생기고 말았군."

"그게 내 죽음이다?"

"이건 시작이야. 안타깝게도 앞으로 보여 줄 것들 중에서도 아주 작은 시작에 불과해. 내일 우리는 네 나라로 갈 거야. 덕분에 짧은 시간이지만 좋은 공부를 했어.

중국에서 온 부하가 그러더군. 과거 동양에서는 큰 죄를 지었을 때 친척에 친척까지 다 죽여서 책임을 물었다고. 나는 고작해야 직계 가족들만 죽일 생각이었는데 크, 너희 아시아가 마음에 들었어."

그의 대답으로 내 우려가 틀리지 않았다는 것을 알 수 있었다. 화면으로 보이는 그의 손은 길고 검었으며 정말 말랐다. 그 손에 쥐어진 칼이 얼마나 잔인하게 움직일지는 너무도 뻔했다.

"그렇게 고마워할 필요는 없어, 빅핏. 나도 이번 일로 배운 게 있으니까."

"그랬다니 다행이군. 전부 다 녹화가 되고 있으니 이제 그만 유언을 남겨라."

그는 계속 재촉했다.

"나를 고문실로 데려갈 생각인가 보군."

"사지를 자르고 피부를 벗기는 것은…… 음, 네 다음 형제에게로 미루지. 너는 거기서 죽게 될 거야. 너희 형제들이 에밀리를 화형시켰던 것처럼 나도 너를 화형시켜야 해. 이해가 되지? 꼬마야. 죽음을 자초한 너희들이 참으로 애석하군……."

줄곧 감정 없던 그의 눈동자에 처음으로 감정이 떠올랐다. 그것은 살기였다. 물에 떠있는 기름처럼 눈동자 위에서 따로 놀고 있었다.

"어쨌든."

깡마른 그의 얼굴을 쳐다보며 입을 열었다.

"침착하게 죽음을 받아들이다니. 대견한 모습이야. 그래, 이제 마지막 말을 남겨."

"그래, 어쨌든 나는 너를 찾았다. 빅핏."

"너를 찾았다라, 이게 다인가? 유언치곤 싱겁군."

"끝이다."

"알았다. 꼬마야. 네 형제들도 곧 뒤따라갈 테니, 지옥에서 외롭진 않겠지. 잘 가거라."

그가 자리에서 몸을 일으키면서 영상은 끝이 났다. 모니터 화면은 새까맣기만 했다.

그런데 조종사 측에서 당황하는 소리가 들렸다.

"아래와 연락이 닿지 않아."

조종사의 목소리였다.

부조종사는 조종사에게 "다른 지시 사항이 있는 거 아니었어?"라고 물은 뒤에 내게도 똑같은 질문을 해왔다.

그는 자신이 얼마나 멍청한 질문을 했는지 깨닫고는 계속 무전기에 대고 수신 요청을 했다.

눈치로 보건대 둘은 착륙 허가를 받지 못했을뿐더러, 이후에 이행해야 할 명령을 따로 받지 못한 것 같았다. 결국에 둘은 기다려 보기로 결정을 내렸다.

나도 슬슬 움직여야겠다는 생각이 들었다. 빅풋이 헬리콥터 아래에 있는 유람선에 있다는 확신이 들었으니, 더는 꼭두각시 놀이를 할 필요가 없어졌기 때문이다.

그때였다.

"미쳤어!"

갑자기 부조종사가 소리쳤다.

"왜?"

조종사도 반사적으로 외쳤다.

"아래! 아래!"

"어두워."

"갑판에 환한 곳을 봐봐! 저 자식들이 뭔가로 여기를 겨누고 있어."

"R, RPG(대전차무기)야! 미, 미친!"

"아! 아! 여길 다 같이 날려 버릴 생각인 거야."

"맙소사! 어떻게 우리에게 이럴 수가 있어. 오, 하느님! 하느님 아버지!"

찰나의 순간에 조종사와 부조종사는 공황에 휩싸였다. 조종사는 사색이 된 얼굴로 항공캡을 밖으로 벗어 던지고, 부조종사는 무전기에 대고 미친 듯이 소리를 질러댔다.

둘의 말대로 유람선 갑판에서 수상한 움직임이 보였다.

한 남자가 대전차무기를 어깨에 둘러멘 채 이쪽을 겨냥하고 있었다. 그 옆에는 그를 보조하는 남자와 구경꾼들, 그리고 아까의 백인 변호사도 있었다. 백인 변호사는 캠코더로 이 모든 장면을 녹화하면서 지시를 하고 있었다.

 내가 손목에 채워진 수갑을 뜯어내자 철컹 하고 작은 금속 마찰음이 울렸다.

 "너 뭐 하는 거야!"

 부조종사는 내 손에서 떨어져 나온 수갑을 보고 휘둥그레진 눈으로 말했다.

 그가 더 반응하기도 전에 조종사가 온다! 아악! 하고 비명을 질렀다.

 나는 그 소리와 함께 호신강기를 일으켰다. 피가 빠르게 돌면서 온몸이 뜨거워지는 것이 느껴졌다. 발로 헬리콥터 문을 걷어차자 문이 허공으로 튕겨 날아갔다. 까만 밤하늘이 시선에 한가득 들어온다. 조종사와 부조종사의 비명을 뒤로하고 밖을 향해 몸을 날리려는 찰나, 쾅! 하는 큰소리와 함께 기체가 크게 요동쳤다. 중심을 잃은 건 아니지만, 기체가 옆으로 기우는 바람에 나는 경첩 부분을 움켜쥐어야 했다.

 콰앙!

 두 번째 폭발음이 들린 순간, 갑자기 치솟은 화염이

나를 덮쳤다. 그것은 눈 깜짝할 사이에 기체 내부 곳곳에 파고들었다.

조종석에서 전기로 추정되는 형상들이 화염과 함께 튀어 올랐다. 그곳, 이글거리는 화염들 사이로 울부짖는 두 남자의 모습이 보였다. 조종사는 화염에 잠식돼서 사지를 바들바들 떨어댔고, 부조종사 역시 불에 휘감겨진 채 양손으로 얼굴을 덮고 있었다. 둘은 기울어진 기체 안에서 한데 뒤엉켜 처절한 고통을 호소했다.

기체가 빠른 속도로 추락하는 것이 느껴졌다.

기압 때문에 귀가 먹먹해진다.

나는 경첩 부분을 잡아 몸을 끌어 올리면서 화염에서 빠져나왔다. 숨을 들이쉴 때마다 탄내가 진동을 한다. 화염이 지나간 곳엔 검은 연기가 자욱했다.

이윽고 검은 연기를 뚫고 하늘로 치솟아 올랐다. 온몸이 따끔거렸다. 옷은 제대로 남아 있는 부분이 없었다. 다 타서 검은 그을음이 묻은 살갗이 고스란히 드러났다. 아직도 몸에 붙은 불덩어리들이 남은 옷가지를 계속 태우고 있었다.

허공을 밟아 한 번 더 치솟아 오르면서 공력을 사방으로 퍼트렸다. 그것들이 흩어지면서 화염도 함께 사라지기 시작했다. 드디어 시야가 환해졌다. 뻘겋고 퍼랬던 세상은 다시 검게 변했다. 아래를 내려다보니 헬리콥터는 이미 바다로 추락한 상태였다. 헬리콥터는 바다에서도 계속 불타고 있었다.

 헬리콥터에서 유람선 갑판으로 시선을 옮겼다. 소총으로 무장한 녀석들이 나를 손가락질하고 있었다. 공중에서 제비 돌아 얼굴을 갑판 쪽으로 향하게 하고선 몸을 일직선으로 뻗었다. 나는 녀석들을 향해 빠른 속도로 날아갔다.

 동시에 한 호흡 한 호흡, 빠른 속도로 십성 공력을 끌어 올렸다.

 쉬이익.

 요란한 소총 소리와 함께 탄환들이 튀어 올랐지만, 그것들은 내 몸에 닿기도 전에 녹아내렸다.

 왔다.

 쾅!

 내가 떨어진 충격으로 갑판이 함몰됐다. 내가 목표한 지점은 정확히 백인 변호사가 있던 자리였다.

 도착하는 순간에 녀석의 머리를 움켜잡았다.

 그 때문에 녀석은 나와 함께 갑판 아래에 있던 선실로 떨어졌다.

 몸을 일으키자 갑판 파편이 머리에서 부스스 떨어졌다.

 백인 변호사는 정신을 잃은 상태였다.

그리고 갑판이 크게 뚫려 버렸을 때 무장한 갱 둘도 우리와 함께 떨어졌다. 간신히 정신을 차리고 눈을 깜박거리는 둘의 가슴을 짓밟아 목숨을 끊어 놓은 후, 파편 덩어리에 파묻혀진 캠코더도 찾아 부서트렸다.

그런 다음 백인 변호사의 태양혈(太陽穴)을 발끝으로 자극했다. 녀석이 악! 소리와 함께 눈을 번쩍 떴다.

"감사의 인사는 해 줘야 할 것 같아서."

"너…… 넌……."

"이런 자리를 마련해 줘서 고맙다고, 변호사 선생님. 빅핏도 곧 뒤따라서 갈 거야."

"제……(Plea……)."

녀석이 제발이라는 말을 끝마치기 전에, 나는 녀석의 가슴을 밟았다.

쿨럭, 녀석은 피를 토함과 동시에 생명이 끊겼다. 그것을 끝으로 나는 녀석에게 더 신경 쓰지 않고 갑판 위로 뛰어올랐다. 역시나 갱 녀석들이 엉거주춤 자리에서 일어나고 있었다. 개 중에는 쓰러진 채로 나를 향해 총을 쏘는 녀석도 있었다. 하지만 그 탄환들은 나를 완전히 비껴 나갔다.

얄팍한 동정심은 잠시 잊기로 했다. 나는 움직였고 한 명씩 목숨을 끊어 놓았다.

* * *

 갑판에 있던 녀석들을 모두 처리하였을 때, 대여섯 놈들이 선실로 통하는 계단 입구에서 튀어나왔다. 나는 날아오는 탄환들을 정확히 쳐다봤다. 나를 스쳐 가는 탄환들은 내버려 두고 내게 적중할 것들은 공력으로 녹였다. 탄환이 많이 연사된 만큼, 탄환들은 마치 피 비처럼 내 앞에서 녹아내렸다.

 총소리가 멈추자마자 나는 쏜살같이 날아가 다섯 명을 해치웠다. 그리고 나자 갑판으로 올라오는 놈들이 더는 보이지 않았다.

 잠깐 돌아보니 나는 나신(裸身) 상태였다.

 그것도 검은 그을음이 잔뜩 묻은 흉한 모습이었다.

 신발만이 간신히 형체를 갖추고 있었는데 몇 번 움직이자 그것마저도 발에서 떨어졌다. 그래서 바닥에 쓰러진 녀석 중 내 체형과 비슷한 녀석을 찾아, 녀석의 옷을 벗겨 입었다. 검은색 슈트가 몸에 딱 맞았다.

 소총 소리와 고함이 가득했던 공간에 일순간 정적이 찾아왔다.

 휘이잉.

 나는 녀석들이 나타났던 계단 입구로 향했다. 위로 올라가는 계단과 내려가는 계단이 있었다. 조금 전 갑판 아래를 뚫고 착륙했을 때 아래층 선실은 그다지 호화롭지 않았다는 것을 떠올렸다. 그래서 위층으로 계단으로 올라섰다.

계단은 3층까지 통했다.

빅핏은 2층에도 3층에도, 어쩌면 내가 놓친 지하에도 있을 수 있었다.

선원, 그래 봤자 갱들이겠지만 그들의 기운이 각각에 퍼져 있었다. 그 탓에 빅핏이 위기를 직감하여 작정하고 숨고자 한다면, 그를 찾기 위해 나는 꽤 오랜 시간을 소비해야 할지도 모른다는 생각이 들었다. 유람선은 너무 넓었다.

자칫 숨바꼭질 놀이가 될지 모르고, 내가 헤매고 다니는 사이에 내 눈을 피해 빅핏이 도망칠 수도 있었다.

두 대의 헬리콥터를 떠올린 나는 갑판으로 다시 나와 착륙장으로 향했다. 갱 세 명이 그곳의 화물들 사이사이에 매복해 있었지만 내게는 조금도 위협이 되지 못했다. 그들을 모두 처리하고 두 대의 헬리콥터 앞에 섰다.

헬리콥터를 파괴해야겠다는 생각을 하자 명왕단천공의 이미지가 빠르게 뇌리를 스치고 지나갔다.

명왕단천공이 원하는 대로 공력을 운용했다.

손끝으로 기운이 몰리며 뻘건 아지랑이가 피어오른다.

한 호흡을 끝마치면서 장을 뺐다.

번쩍!

눈앞에서 두 기체가 폭발하면서 사방으로 찢겨 날아갔다. 어둡고 조용했던 주변이 큰 소리와 함께 잠깐 밝아졌다. 이후 나는 추가로 비상용 보트도 발견해 파괴했다. 빅핏이 도망치려면 이제 수영을 하는 방법 외에는 없다. 그리고 그것은 자살 행위와 다를 바가 없었다.

다시 계단 입구로 돌아온 나는 느껴지는 가까운 기운을 찾아 이동했다. 녀석은 2층 복도 끝에 있었다. 내가 나타나자 녀석은 몹시 놀라며 나를 소총으로 겨눴다. 하지만 방아쇠를 당기지 못하고 자꾸만 뒤를 힐끔거리는 것이었다. 녀석은 처음 본 순간부터 잔뜩 겁을 먹은 상태였다.

"여기야! 여기에 놈이 왔어!"

녀석이 외쳤다.

덩치에 맞지 않은 겁에 질린 목소리였다.

"밖의 상황을 모르는가 보군? 너를 도우러 와 줄 사람은 없어. 다 죽었거든."

나는 계속 걸으며 물었다.

"오, 오지 마!"

녀석은 뒷걸음질 쳤다.

"빅핏은 어디에 있지?"

"쏜다!"

밖의 상황을 안다면 당장 대답해 줄 테지만, 그는 동료들이 어떻게 죽었는지 보지 못했으니…….

어쩔 수 없다. 힘으로 입을 여는 수밖에.

나는 몸을 튕겼다. 고막을 때리는 소총 소리가 복도 전체에 울려 퍼졌다.

그러나 내가 자세를 낮춘 탓에 탄환들은 모두 내 머리 위를 스치고 지나갔다. 나는 녀석의 앞에 멈춰서 녀석의 목을 움켜잡았다. 녀석이 곧바로 검은 입술을 달싹였다.

"헬, 헬리콥터!"

녀석의 침이 얼굴에 튀겼다.

"어디로 도망칠 건지를 묻는 게 아니야. 빅핏의 침실이 어디에 위치해 있느냐는 거지. 어디지?"

녀석이 편히 말할 수 있도록 손에 힘을 풀었다.

"3층."

녀석이 짧게 대답했다.

"더."

"올, 올라가 보면 알아."

"좋아."

그 말과 함께 다시 손에 힘을 줬다. 목뼈가 바스러지는 감촉이 느껴져서 손을 놓으니 녀석이 힘없이 무너져 내렸다. 나는 녀석을 비켜서 건너편 계단으로 향했다.

3층에도 사람들의 기운이 넓게 퍼져 있었다. 거미줄처럼 사이사이 갈라진 복도를 걷다 보니 다른 곳들과는 달리 액자 장식들이 즐비한 레드 카펫 복도를 발견했다. 복도 끝 정면으로 큰 문이 있었고 그 안에 한 사람의 기운이 느껴졌다.

쾅!

나는 문을 발로 차면서 안으로 들어갔다.

"하!"

그 소리가 내 입에서 절로 나왔다. 헬리콥터 안에서 모니터를 통해서 보았던 그 남자가 방에 있었다. 하지만 그는 강화유리로 추정되는 유리 벽 너머에 있었다.

방 구조는 음반 녹음실과 흡사했다. 녹음실과 다른 점이라면 레코딩 조작 기계가 있어야 할 곳에 컴퓨터들이 있었고, 반대편 벽에 수십 개의 CCTV 영상들이 거대 LCD 텔레비전들을 통해 보이고 있었다.

유리벽 안, 빅핏이 있는 방은 내가 노트북에서 봤던 바로 그 방이었다. 노트북에서 봤던 것보다 더 넓었고, 벽에 걸린 CD앨범 수도 더 많았으며 거대한 침대가 있었다.

그것으로 유리벽 안의 방이 그의 침실인 것이 분명해

졌다. 즉, 보안실과 침실이 한곳에 있는 구조였다. 빅 핏은 자신의 침실에서 배의 보안까지 직접 챙기고 있었던 것만큼 매사에 빈틈없고 남을 믿지 못하는 성격이었다. 덕분에 배에서 벌어지고 있던 모든 광경을 지켜본 것 같았다.

그래서인지 나와 마주친 그는 마치 유령이라도 본 것 같은 반응을 보였다.

감정이라고는 없어 보였던 그가 불안해하고 있었다. 도금된 소총을 있는 힘껏 움켜쥔 탓에 그의 손등 위로 불룩 튀어나온 핏줄들이 꿈틀꿈틀거렸다. 비록 소리는 들리지 않았지만, 호흡도 가쁘게 내쉬고 있었다. 가늘게 째졌던 눈은 금방이라도 폭발하듯이 휘둥그레 커져 있었으며, 가쁜 숨이 오가는 코는 계속 벌렁벌렁거렸다.

똑똑.

나는 유리창에 대고 노크했다. 그가 이를 악물며 나를 소총으로 겨눴다.

나를 내버려 둬!

그의 눈이 그렇게 말했다. 그럴 생각이었다면 여기까지 오지도 않았다.

『도망칠 곳은 없어.』

나는 그에게 전음을 보냈다.

그는 화들짝 놀라서 사방을 두리번거렸다. 곧 소리의 발원지가 나인 것을 깨닫고는 나를 쳐다보며 침을 삼켜 넘겼다. 밖에서 한 무리의 갱들이 이쪽으로 접근하는 것이 느껴졌다.

빅핏에게 잠깐 기다리라고 말한 후에 그들을 처리하고 다시 돌아왔다.

그때 내 손에서는 놈들의 피가 뚝뚝 떨어지고 있었다.

그가 안에서 뭐라고 소리를 질러댔지만, 유리벽 때문에 들리지는 않았다.

꺼져! 괴물 자식(Monster)!

그의 입술이 그렇게 움직였다. 나는 공력으로 감싼 주먹을 강화유리로 내질렀다.

팡!

짧은 파공음과 함께 오른팔이 유리벽 너머의 방으로 쑥 들어갔다. 그대로 강화유리를 찢으며 안으로 들어갔다. 그는 빠르게 대처했다. 그가 방아쇠를 당기자, 그의 손에 들린 소총 끝에서 불꽃이 튀기 시작했다.

반사적으로 겁화의 기운을 일으켰다. 탄환이 허공에서 녹아드는 그 순간.

"죽어어엇!"

빅핏이 죽을힘을 다해 소리를 질렀다. 그러나 그가

믿는 탄환들은 십이양공의 열기를 뚫지 못한다. 그는 탄창이 빌 때까지 연사했다. 결국, 발사 소리가 멈추고 틱틱 하는 안타까운 소리만이 나기 시작했다. 그가 마음을 바꿔 소총 끝을 양손으로 움켜쥐고 나를 향해 달려들었다.

나는 가까이 접근한 그의 가슴을 발로 밀어 쳤다. 그는 튕겨 날아가 벽에 부딪혔다. 고이 걸어 뒀던 액자들이 그의 머리를 향해 우수수 떨어졌다.

"……나, 날 죽일 거지? 괴물 자식."

그가 물었다.

나는 고개를 끄덕였다. 문득 그의 입에서 이상한 웃음소리가 흘러나왔다.

"크크…… 큭큭…… 이게 다가 아니야. 내 부하들이 너를 찾아갈 거다. 너를 찾고! 네 가족을 찾고! 네 형제들을 찾아서! 전부 갈가리 찢어 버릴 것이다! 지금부터 시작이야."

"아니, 네가 죽으면 네 부하들이 네 복수를 해 줄 거라고 생각하나 보지? 그렇다면 부하들을 정말 후하게 평가하고 있는 거야. 네가 죽으면 네 조직이야말로 갈가리 찢겨질 거야. 주인 없는 자리를 차지하기 위해 서로들 전쟁을 벌이겠지. 그들에게는 네가 어떻게 죽었는지는 안중에 없을 게 분명해."

"……."

그는 아무런 대답이 없었다.

"뉴욕의 밤거리가 시끄러워지겠어. 그렇지?"

그의 눈에서 잠깐 머물다 사라진 감정을 놓치지 않고 말했다. 그에게 대답을 듣고 싶은 생각 따윈 없었다. 나는 그 앞으로 걸어가 우뚝 서서 그를 내려다봤다.

"이 괴물…… 넌 어디에서 나타난 거냐?"

그가 모든 걸 체념한 얼굴로 나를 올려다봤다.

"저쪽 세상."

그가 어? 하고 눈썹을 추켜올린 그 순간, 나는 공력이 가득 담긴 주먹으로 그의 정수리를 내리쳤다. 두개골이 깨지는 소리와 함께 그의 얼굴이 바닥을 향해 꺾였다.

거무튀튀한 죽은 피가 그의 입에서 길게 흘러나오고 그는 아무런 미동도 없었다.

검은 피는 허벅지로 떨어져 축 늘어진 그의 손등으로 스멀스멀 움직였다. 그의 손등에 새겨져 있던 기이한 문신은 그 검은 피로 인해 금세 더럽혀졌다.

제 3장

분근착골
(分筋錯骨)

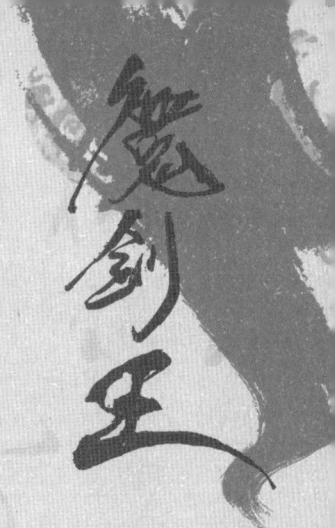

 바닷물을 밟아 튀어 오르고 파도를 뛰어넘으면서, 내가 생각해도 나는 이 세상에 돌연변이 같은 존재라는 생각이 들었다. 바닷물은 잘 뻗은 도로이고 높은 파도는 과속방지턱이었다. 그 위를 한참 내달렸다.

 동이 틀 무렵 드디어 해변이 보였다.

 그곳에는 이른 새벽부터 아침 운동을 나온 사람들이 있었다. 추운 날씨 때문에 두꺼운 외투를 입고 귀에는 이어폰을 꽂은 채 해변을 따라 달리고 있었다.

 사람이 없어진 잠깐의 틈을 타서 해변으로 올라왔다. 흠뻑 젖은 수트는 열기를 일으켜 말렸다.

해변을 따라서 보이는 것은 온통 레스토랑이었다. 백 대 이상 수용 가능한 주차장들은 이른 새벽이라 텅텅 비어 있었고, 도심지 쪽으로 이어진 도로들도 무척 한산했다.

계속 바다를 달려온 탓에 약간의 피로가 느껴졌다. 해변에 앉아 쉬면서 사람을 기다렸다. 오래 걸리지 않아 해변 아래쪽에서부터 날씬한 금발 여인이 뛰어왔다.

그녀에게 접근했다.

그녀가 상냥하게 웃어 보인 뒤 나를 지나쳐 가려고 하기에, 그녀를 불러 세웠다.

"네?"

"여기가 어디입니까?"

"네?"

그녀가 황당하다는 표정으로 되물었다. 그녀의 눈동자가 빠르게 나를 훑어 봤다. 그녀의 시선이 신발을 신지 않은 내 맨발에 잠깐 머물렀다.

"어젯밤에 친구들이 장난을 쳐서요."

"어디서 오셨는데요?"

그제야 그녀는 납득이 가는 것처럼 다시 웃어 보였다.

"맨해튼입니다."

"정말요? 맙소사! 여긴 콜츠 넥(Colts Neck)이에요.

대체 어떤 장난을 당한 거예요?"

그녀가 키득거렸다.

"뉴저지주라고요?"

"그래요."

그녀는 정말 재미있다는 듯이 계속 웃었다. 그래도 맨해튼과 우려할 만큼 크게 멀지는 않았다. 그렇지만 수중에 가진 돈 하나 없이 맨해튼까지 갈 생각을 하니 답답함부터 앞섰다.

"춥지 않아요? 그런데 설마 여기서 밤을 보낸 거예요? 그런 차림으로요?"

그녀가 내게 관심을 보였다.

"글쎄요. 기억이 잘 나지 않네요. 그쪽 말대로 못된 친구들과 어울린 게 잘못이죠."

"따라와요."

그녀가 씩 웃으며 앞장섰다. 내가 가만히 서 있자 그녀가 나를 뒤돌아보며 재촉하는 손짓을 했다.

"감기 걸리겠어요. 저는 패리스(Paris)예요. 그리고 힐튼은 아니랍니다."

"저는 정…… 정입니다."

"정정?"

"아니요, 정입니다."

"운동이 끝나고 나면 가는 식당이 있어요. 같이 가요.

마음에 들 거예요. 춥잖아요. 어서."

그녀가 안내한 식당은 부유한 관람객들을 상대하는 곳은 아니었다. 모래사장 위에 지어진 조그마한 식당으로 단골손님들만 상대한다는 느낌이 강한 곳이었다. 우리가 막 들어섰을 때, 웨이트리스가 그녀를 알아보고 눈인사했다.

그녀는 일부러 전기난로가 있는 곳에 자리를 잡았다.

"보다시피 빈손인데 어쩌죠?"

웨이트리스가 가져다준 주문서를 보면서 말했다.

"제가 살게요."

나는 비교적 값이 싼 비프스튜를 주문했고 패리스는 프렌치토스트와 아메리카노를 주문했다. 그녀처럼 운동복 차림의 손님들이 하나둘 들어오기 시작했다.

작은 식당 안에 고소한 버터 냄새가 퍼지기까지 그리 오래 걸리지 않았다.

"어떻게 돌아갈 거예요?"

"친구에게 전화를 할 생각입니다. 핸드폰 가지고 있으시다면 한 번만 쓸 수 있을까요?"

그녀에게 돈을 빌릴까 생각해 봤지만 그건 예의가 아니었다. 따뜻한 아침 식사를 대접받은 것만으로도, 솔직히 이 금발의 미녀에게 적잖은 감동을 받았다. 낯선 동양인에게 호의를 베푼다는 것은 정말 쉽지 않은 일이다.
"정을 골탕먹인 그 친구인가요? 그다지 좋은 생각이 아닌 것 같아요."
패리스가 약간 걱정이 섞인 어투로 물었다.
"괜찮습니다. 그 친구들을 다시 볼 일은 없을 것 같네요."
웃으면서 그녀가 건넨 핸드폰을 받아 들었다.
8시 32분경, 시연의 번호를 누르다가 마음을 바꿔 팀에게 연락했다. 그러나 전화를 받지 않아 연락을 달라는 짧은 음성 메시지를 남기고, 패리스에게 다시 핸드폰을 돌려줬다.
"받질 않아요?"
"바쁜 친구거든요."
"파티 좋아해요?"
"네?"
"오늘 밤에 우리 집에서 파티가 있어요. 좋은 친구들을 만날 수 있을 거예요. 올래요? 친구들을 소개해 줄게요."
동양인이라서 괴롭힘을 당하고 있다고 생각하고 있나? 그녀는 나를 안쓰러운 눈으로 보고 있었다. 나는 살짝 웃으면서 고맙다는 말과 함께 그녀의 제안을 사양했다.

분근착골(分筋錯骨) 97

그때 그녀의 핸드폰이 울렸다. 그녀는 발신자 번호를 확인하더니 "아마도 정의 전화인 것 같은데요?"라는 말과 함께 내게 핸드폰을 건넸다.

"여보세요."

나는 핸드폰에 대고 말했다.

"사부!"

별안간 높은 목소리가 툭 튀어나왔다. 패리스가 그 소리를 듣고 실실 웃었다.

"조용히."

내가 말했다.

"어디에 있는 거야? 지금 사부 집이야. 911에 신고하려던 참이었어."

"우리 집에는 왜?"

"왜라니? 어젯밤부터 연락이 되질 않아서 당연히 사부 집에 왔지. 느낌이 좋지 않았는데 역시나! 이 핏자국들은 어떻게 된 거야? 집은 왜 이렇게 됐고? 무슨 일이 있었던 거야? 그것보다도 지금 사부 어디에 있어?"

팀이 소란을 떨었다.

"우리 집이라니 마침 잘됐어. 아래층 사람에게 1000달러만 맡겨 놔. 돌아가서 줄 테니까."

"사부, 지금 어디에 있는데?"

"콜츠 넥. 택시 타고 갈 거니까 1000달러만 맡겨 놓으면 돼."

"뉴저지라고? 아니, 내가 갈게. 3시간이면 돼. 정확한 위치를 말해 줘."

팀의 목소리가 워낙에 높았던 탓에, 패리스가 그의 목소리를 듣고는 주소를 읊었다.

나는 잠깐 생각하다가 그 주소를 말해 줬다.

"거기서 기다려, 사부. 바로 갈게. 무슨 일 생기면 다시 연락 줘. 아, 이게 대체!"

팀이 급하게 전화를 끊었다.

"그 친구가 정을 무척 생각하는가 본데요? 좋은 친구네요."

패리스가 턱을 괸 채로 나를 보며 빙그레 웃었다. 비로소 안도하는 것처럼 보였다.

나도 웃어 보이며 웨이트리스가 켠 텔레비전으로 시선을 옮겼다. 뉴스에서 매우 낯익은 광경이 펼쳐지고 있었다. 항만 회사 에밀리 건물이 활활 불타고 있는 장면이었는데, 그것은 메인 뉴스를 전하기 위한 교두보에 불과했다. 영상은 망망대해로 옮겨졌다. 연방수사국 마크가 그려진 헬리콥터와 보트들이 아무것도 남지 않은 바다 위를 맴돌고 있었다. 잠수부가 뛰어내리는 장면에서 이런 문구가 굵은 글씨로 떠올랐다.

뉴욕 갱 두목 빅핏 슈나이더, 피살 추정

유람선은 침몰했다. 내 손으로 직접 연료 탱크를 폭발시켜서 유람선이 가라앉는 것까지 확인했다. 그 일이 있은 지 네 시간도 지나지 않았지만, 미국 정부는 벌써 사태를 파악하고 발 빠르게 움직이고 있었다.

"유람선과 함께 폭발해 죽었다니, 영화 같죠? 그런데 정은 중국에서 왔나요?"

"중국이요?"

"실례되는 질문이었나요?"

"그런 건 아녜요. 하지만 그렇게 느낄 사람도 있으니 조심하시는 편이 좋겠군요."

빙긋 웃으며 말했다.

"저는 한국에서 왔습니다."

"오! 한국이라면…… 남에서요? 북에서요?"

패리스가 눈을 빛내며 물었다.

"남한입니다."

"일성?"

"네, 그 남한입니다."

그렇게 대답하며 뉴스를 주시했다. 유람선 잔해에 파묻혀 있던 시신 한 구가 막 건져지고 있었다.

그 화면과 함께 그간 빅핏 슈나이더가 미국 사회에

끼친 영향에 대해서 설명하는 뉴스캐스터의 단조로운 어조가 계속 들려왔다.

빅핏은 맨해튼을 거점으로 하는 국제적인 범죄 집단의 두목으로 미국 전역에 퍼진 남미 마약의 최고 공급책이라는 설명과 함께 그의 죽음에 대한 두 가지 추측을 내놓았다.

하나는 사업 확장으로 인해 히스패닉계 갱단과의 전쟁이 발발했다는 것이고, 다른 하나는 평소 그가 마약 외에도 D&A 컴퍼니라는 회사를 통해 광물 선물거래로 막대한 이익을 얻고 있었으나, 그로 인한 반발이 실제적인 무력 충돌로 이어졌다는 것이다.

어떤 이유였든지 간에 미국 동부 근해에서 시민 안전에 위협이 될 무력 충돌이 있었던 점은 미 정부의 시선을 끌기에 충분했다.

"끔찍해요. 저런 일이 내가 살고 있는 나라에서 벌어진다는 것이요. 9.11 때같이…… 마치 전쟁 같았잖아요."

물끄러미 뉴스를 보던 패리스가 말했다.

"남한은 북한과 전쟁 중이죠?"

패리스가 물었다.

"지금은 휴전 중입니다만, 종전(end of the war)이라고 봐도 무방합니다."

"그래요?"

"관심이 있으십니까?"

"조금은."

나는 패리스의 말에 웃었다.

"그것이 무엇에 대한 관심인지 모르겠군요."

"흐응."

그러면서 그녀는 토스트를 베어 물었다.

"사실 그래요. 타국의 정치와 시사에 관심이 있는 편이긴 하지만 한국은 생소해요. 그럼 정, 얘기를 해 줘요. 정은 맨해튼에서 무엇을 하나요? 제가 맞춰 볼까요?"

나는 고개를 끄덕였다.

"소호(SOHO: 맨해튼의 유명한 패션 거리)보다도 월 스트리트에 어울려요. 어때요?"

그녀가 기대에 찬 눈으로 나를 바라보았다.

"보다시피 평범한 동양계 유학생입니다."

"그런 태도가 월 스트리트에 어울린다는 거예요."

그녀는 알 듯 모를 듯한 말을 끝으로, 자기소개를 했다. 그녀는 럿거스(Rutgers) 주립대학에서 금융학을 전공하는 학생으로, 졸업 후에는 맨해튼의 월 스트리트에서 일하고 싶은 꿈을 가지고 있었다.

우리는 식사를 하면서 이야기를 나눴다.

대체로 그녀가 말하고 나는 그녀의 이야기를 들어 줬다. 월 스트리트에 들어가기 위해 어떤 노력을 하고 있는지로 시작한 이야기는 아침 조깅이 몸매 관리에 얼마나 좋은지, ABC 방송사의 드라마들이 최근 어떻게 부진한지, 그리고 개봉될 영화 중 어떤 영화가 가장 기대가 되는지로 이어졌다.

그녀는 이야기를 길게 하면서도 상대를 지루하지 않게 하는 재능을 가졌다.

"기대작은 티미의 작품이죠."

어느덧 1시가 넘어가고 있었다.

"티미?"

"팀이요, 팀 모리슨. 섹시한 남자잖아요."

익숙한 이름에 반가운 기분이 들었다.

"섹시한 걸 따지자면 저는 팀보다는 알렉스 산토르라고 생각합니다만."

"음…… 그런 취향? 정도 남자를 좋아하나요?"

"그럴 리가요."

패리스가 짧게 웃었다.

"동성을 좋아하는 건 부끄러운 일이 아녜요. 어쨌든요. 티미가 사라 같은 뚱뚱한 여자하고 영화를 찍는다고 했을 때, 허휴. 한숨이 다 나왔었는데. 더욱이 그린 애로우라니! 액션 영화를 좋아하기는 해도 코믹스 영화는 끔찍이 싫어하거든요."

"그래요?"

"흥행이 보장되어 있긴 하지만 작품성이 안 좋았을 게 뻔해요. 그러니 티미가 큰 위약금을 물고 본인 스스로 영화를 만들겠다고 했겠지요. 저는 그 영화가 기대가 돼요. 정이 말했던 알렉스 산토르도 함께니까요. 그 영화가 개봉하면 정하고 같이 보러 가고 싶은데, 정은 어때요?"

"죄송합니다. 그분은 저와 선약이 있습니다."

내가 한 소리가 아니었다.

"어!"

패리스의 얼굴이 일순간 굳었다. 그녀의 시선은 내 어깨 너머로 쏠려 있었다.

나는 뒤를 돌아보지 않고 창가 쪽 옆자리로 이동했다. 팀은 내가 앉아 있던 자리에 앉았다.

"티미? 티미 맞죠?"

패리스가 커진 목소리로 물었다. 팀은 비니와 선글라스를 끼고 있었지만, 그녀는 용케도 팀을 알아보았다. 팀이 선글라스를 벗으면서 나를 쳐다봤다. 그는 나와 패리스를 번갈아 쳐다보더니 비로소 안심했다는 표정을 지었다.

패리스는 매우 당황스러운지 말없이 큰 제스처를 취

할 뿐이었다.

"생각보다 빨리 왔네, 팀."

내가 말했다.

"얼마나 밟았는지 오다가 두 번이나 죽을 뻔했어. 파파라치들도 나를 따라오지 못할 정도였어."

"그럼 저는 극장에서가 아니라 장례식장에서 티미를 봤었겠네요. 전 패리스예요. 당신의 팬이에요."

패리스는 그녀의 들뜬 감정을 애써 감추려 하는 것 같았지만, 그 감정이 얼굴에 고스란히 드러나 있었다.

어떻게 된 거예요?

팀이 내게 그런 눈빛을 보냈다.

"날 도와주신 분이야."

"진심으로 감사드립니다. 이분은 제게 정말 소중한 사람이거든요."

그러면서 팀이 패리스에게 악수를 청했다. 패리스가 팀과 악수하던 그때, 팀을 알아본 사람들이 우리 테이블로 몰려들기 시작했다. 팀은 가증스럽게도 무척 정중한 태도로 사람들의 인사를 받았다. 그 모습에 웃음이 났다.

결국, 몰려든 사람들로 인해 우리는 떠밀리듯 밖으로 나와야 했다.

팀의 값비싼 스포츠카 주변을 동네 청소년들이 어슬

렁거리며 핸드폰 카메라로 찍고 있었다. 그들의 핸드폰이 자연스럽게 우리 쪽으로 겨눠졌다. 연예인을 향한 맹목적인 동경은 한국이나 미국이나 다르지 않았다.

우리들은 사람들을 뚫고 팀의 스포츠카에 탔다. 팀은 패리스에게 양해를 구한 뒤 무작정 운전을 시작했다. 우리는 레스토랑에서 벗어나 한적한 해안 도로를 달렸다.

"집이 어디예요?"

내가 물었다.

패리스는 지금의 상황이 무척 즐거운지 계속 생글생글 웃었다.

"그리고 오늘 아침을 대접받은 걸 어떻게 갚아야 할까요?"

"이미 충분해요. 티미도 이렇게 만나 볼 수 있었고 정과의 이야기도 즐거웠어요."

"그래도 말해 봐요, 패리스."

앞에서 팀이 말했다.

순간 패리스의 눈이 번쩍였다. 그녀가 내게 악동 같은 표정을 지으며 물었다.

"업(業, karma)이라고 하죠? 제가 전생에서 착하게 살아서 이런 행운을 받나 봐요. 정에게 말은 안 했는데 오늘은 내 스무 번째 생일이에요. 정말 말해도 되나요?

정말정말 곤란한 부탁일 텐데요."

"그럼요."

"티미가 오늘 밤 내 생일 파티에 와 줬으면 좋겠어요."

패리스는 그렇게 말한 다음, 꺄 하고 소리를 지르며 양손을 뺨에 대고 눈을 좌우로 굴렸다.

"그건……."

앞에서 팀의 곤란한 목소리가 들렸지만, 나는 무시하고 말했다.

"팀은 오늘 밤 패리스의 파티에 참석할 겁니다. 그렇지? 팀."

"에?"

팀이 운전 도중에 나를 돌아봤다.

수업료라고 생각해.

나는 소리 없이 입술로만 말했다. 백미러로 살펴보니 팀은 무척 당황하는 눈치였다.

"패, 패리스. 알렉스는 보고 싶지 않아요?"

그 물음에 대한 패리스의 대답은 꺄아! 였다.

* * *

"정말 고마워요, 정. 오늘은 제 생애에서 제일 행복한 생일이 될 거에요."

예쁜 드레스를 입은 패리스가 내 뺨에 입을 맞췄다.

그녀의 얼굴에서 기분 나쁘지 않은 샴페인 냄새가 났다. 약간 취기가 오른 그녀는 조명 아래에서 얼굴을 붉히며 몇 번이나 내게 고맙다고 말했다.

패리스는 소란스러운 집 안으로 다시 들어갔다. 거실 창을 통해 패리스의 친구들에게 둘러싸인 팀의 모습이 보였고, 알렉스는 야외 잔디밭에서 팀과 마찬가지로 패리스의 친구들과 함께 춤을 추고 있었다. 추운 날씨였지만 팀과 알렉스의 등장으로 패리스의 파티는 그 어느 때보다 뜨거웠다.

급한 대로 알렉스가 구해 온 핸드폰이 주머니 안에서 진동했다. 한국에서 온 전화일 것이다.

"진욱 씨?"

역시, 김서연 비서였다.

"어떻게 됐어요?"

내가 물었다.

"밤 동안 진욱 씨 가족분들과 바다 씨에게는 아무런 일도 없었어요."

"매번 감사합니다."

"무슨 일인지는 모르겠는데요. 걱정이 돼요. 안 좋은 일이 있었나요?"

"아닙니다."

"……이제 어떻게 할까요?"

"당분간은 우리 가족들과 바다를 계속 지켜 주십시오. 동의 없이 사람을 붙인 것이 가족들에게는 미안한 일이지만…… 그래야만 합니다. 조금이라도 수상한 자들이 접근하면 제게 바로 연락을 주세요. 매번 부탁만 드려서 부끄럽습니다."

"그런 말씀 마세요. 무슨 일인지는 모르겠지만, 상황이 좋지 않은 것 같네요."

"그리고 회장님은 건강하시죠?"

"이라크 사업 때문에 무척 바쁘세요. 회장님께서 직접 사업을 지휘하시거든요."

"그 사업 이야기는 뉴스를 통해 잘 듣고 있습니다. 회장님께 안부 전해 주세요. 다음에 기회가 되면 직접 찾아뵙겠다고요."

"저……."

"네?"

"저…… 회장님께서 진욱 씨 연락 많이 기다리고 계세요. 한 번쯤 연락드리시는 게……."

"네, 그럼 다음에 다시 연락드리겠습니다. 김 비서님."

일성 전자 신국일 사장과의 불편했던 만남도 있고 해

서, 가급적이면 일성에 부탁하는 일이 없게 하려고 했지만 만약을 위해 어쩔 수 없었다.

11시가 넘어가면서 슬슬 갈 준비를 해야 했다. 나는 팀과 알렉스를 찾았다.

마침 둘은 사람들에게서 떨어져 있었다. 수영장 외곽, 불빛이 들지 않는 담장 밑에 있었는데 심각한 표정으로 대화 중이었다. 엿듣지 않으려고 해도 일반인의 범주에서 벗어난 청각 때문에, 둘의 대화 소리가 점점 또렷해진다.

"무슨 생각으로 스승님이 빅핏의 죽음에 연관돼 있다고 하는 거지? 근거가 뭐야?"

"존."

"그가 왜?"

"존이 평상시와 달라. 아침부터 그에게서 전화가 왔지만 정신이 없어서 안 받았다가 조금 전에 받았거든. 그런데 그는 우리가, 정확히는 사부가 어디에 있는지 찾고 있었어."

"왜?"

"잘 말해 주려 하지 않았어. 내게 말할 수 없는 사정이라는데, 그 모습이 너무 그답지 않았던 거야."

"너에게 전화해서 스승님의 위치를 묻는 것 자체가 이상해. 존이 그랬다고? 그 탐정이? 이상한데. 스승님의 위치가 필요하다면 그가 스스로 알아볼 수 있을 텐데, 구태여 왜 네게 묻는 거야? 기분이 슬슬 나빠지는데."

"그래서 나는 왜 그럴까 생각해 봤지. 왜 그가 스스로 알아볼 수 있는 일을 내게 묻는 걸까? 답은 하나였어. 그는 시간이 촉박했던 거야. 무슨 일 때문인지는 모르지만, 시간이 촉박해서 우리가 기분 나빠 할 것을 알면서도, 또 사부에게 말할 것을 알면서도 물어볼 수밖에 없었던 거지."

"말해 줬어? 우리가 어디에 있는지?"

"아니."

"그럼?"

"무슨 일인지 알아야 대답해 줄 수 있다고 했지."

"그래서?"

"그 녀석이 나보고 우리 사부와 어울리지 말라더군. 내가 크게 곤란해질 거라면서."

"정말 존이 그랬단 말이야? 존이 네 생각을 해 줬다고? 하! 너, 그 말을 믿을 정도로 바보는 아니지? 그는 프로야."

"하하, 사람 상대하는 일이라면 지긋지긋하지. 그 못지않게 우리도 이 업계에서 얼마나 많은 사람을 상대해 봤어? 그의 생각이야 뻔했지. 친밀감 유도랄까. 어쨌든 나는 넘어가는 척해 줬어. 이간질을 하는 거라면 집어 치우고, 진정 우리 관계를 생각해서 해 주는 말이라면 조금이라도 정보를 달라고 화를 냈지."

"어."

"사부에게 들은 것도 있고 해서, 내가 먼저 건즈 이야기를 꺼냈지. 그랬더니 그가 말하길 사부가 건즈의 추격을 받고 있댔어."

"갱?"

"어제 무슨 일이 벌어졌는지 알지? 건즈가 공격을 받았어. 그 일로 떠들썩하잖아. 할렘부터 항구, 그리고."

"빅핏이 죽었지. 그래, 스승님이라면 가능해! 스승님은 네오(neo: 영화 매트릭스의 주인공)잖아. 그런데 스승님이 왜 건즈를?"

"사부가 네오라면 건즈는 스미스 요원, 악당이지 않겠어? 사부가 늘 정의를 위해 힘을 써야 한다고 말하던 걸 잊었어? 바로 이게 그거야. 어때? 내 생각이."

"그래서 너는 존에게 뭐라고 대답해 줬어?"

"생각해 보겠다고 하고 끊었지. 계속 전화가 왔었지만, 지금은 조용해졌어."

"그런데 스승님이 그 일에 관계가 있든 없든 간에, 존이 꼬리를 물었다면…… 우선 스승님에게 말씀드려야 해. 그가 누군가에게 의뢰를 받아 이 일에 착수했다면,

스승님께서 정말 귀찮아질 거거든. 그의 실력은 누구보다도 우리가 잘 알잖아. 스승님 어디에 계시지?"

"네 뒤에."

그러면서 팀이 내게 고개를 숙였다. 알렉스도 황급히 몸을 돌려 나를 맞이했다.

"그런 전화가 왔었다면 내게 먼저 알렸어야지, 검."

알렉스가 놀라서 팀을 흘깃 쳐다봤다. 팀은 차마 내 눈을 똑바로 바라보지 못하고 시선을 회피하고 있었다. 나는 그를 훈계했고, 결국 팀은 죄송하다는 말과 함께 앞으로는 내게 먼저 알리겠다고 약조했다.

"이만 맨해튼으로 돌아가야겠다. 많이 바빴을 텐데, 오늘 수고가 많았다."

나는 먼저 몸을 돌렸다.

* * *

"스승님, 말씀해 주실 수 있으십니까?"

알렉스가 운전하며 물었다.

팀은 보조석에 앉아 있었다. 원래는 성격상 그가 먼저 물어봤을 일이지만 내게 혼이 난 탓에 창밖만 바라보던 중이었다. 때마침 알렉스가 그렇게 묻자, 팀이 사이드미러를 통해 슬그머니 내 눈치를 살폈다.

그가 영화 타깃 이즈 화이트 하우스에서 보여 줬던 신중하고 강인했던 모습과는 정반대의 모습이다.

"모르는 게 나아."

내가 둘의 기대와는 달리 단호하게 안 된다고 말했기 때문일까?

알렉스는 핸들에서 뗀 오른손으로 목 뒤를 가리켰다.

"보이십니까."

그가 내게 보여 주고 싶어 했던 것은 그의 목 아래에 새겨진 혈마교 문장이었다.

"소속 문신은 갱들만 가지고 있는 게 아닙니다. 저희도 가지고 있습니다. 스승님께서는 우리가 이걸 새길 수 있도록 허락을 해 주셨습니다."

"사부의 문제는 우리들의 문제이기도 해. 우리는 사부 앞에서는 영화배우 티미와 알렉스가 아니야. 사부에게 검(Gum)과 권(Kwun)이라는 이름을 받았고 충성을 맹세했어……."

팀이 말꼬리를 흐리며 알렉스의 말을 받았다.

"우리는 스승에게 예를 다하지 못한 자는 죽음으로 후대의 교훈이 되겠다고도 맹세했습니다. 스승님께서 곤란에 처하신 것을 알면서 모른 체하는 것은 예가 아닙니다."

알렉스의 굵은 목소리가 차 안에 웅웅 울렸다.

그러고 보니 팀과 알렉스의 육체가 전보다 더 강인해졌다. 또 의복 밖으로 드러난 살갗은 매끄러우면서도 무척 단단해 보였고, 두 눈동자는 특수 렌즈를 낀 것처럼 또렷하고 맑았다.

 제대로 훈련받은 특전 군인이라 할지라도 둘과 마주친다면 그들은 자신들도 모르게 위축되어 팀과 알렉스를 피하려 할 것이다. 그건 팀과 알렉스가 그간 영화 준비로 무척 바쁘면서도 수련을 게을리하지 않았기 때문에 가능한 일이다.

 둘은 내 가르침을 충실히 이행하고 있었다. 강한 육체의 완성이 그 증거였다.

 나는 둘의 주장대로 사제의 예를 맺었다는 것을 상기하면서 말했다.

 "문제는 없다. 빅핏의 죽음으로 건즈는 와해될 테니까. 범죄 집단이란 그런 족속들이다."

 "……."

 알렉스와 팀이 서로 약속이라도 한 것처럼 입을 다물었다.

 갑자기 차 안의 공기가 무거워졌다.

 직접 내게서 그런 소리를 듣게 되니, 둘은 예상했더라도 드디어 실감이 되는 모양이다. 차 안은 알렉스가 침을 꿀꺽 넘기는 소리가 크게 들릴 정도로 조용했다.

팀도 숨 쉬는 소리를 의도적으로 죽일 만큼 나를 의식했다.

"건즈를 공격해서 내가 얻는 금전적인 이득은 없다."

"⋯⋯?"

"그들이 얼마만큼 죽어 마땅한 자들이었는지는, 굳이 설명하지 않아도 알겠지."

목소리에 공력을 담았다. 팀과 알렉스를 향한 일종의 경고이기도 했다.

공력 때문에 라디오에서 노이즈가 일었다. 팀과 알렉스에게서 긴장한 기운이 느껴졌다. 앞 유리창으로 팀의 얼굴이 보였다. 그는 심각한 고민에 빠져 있었다. 이윽고 그가 무언가에 짓눌린 듯, 팀이 힘겹게 입을 열었다.

"존은⋯⋯ 내가⋯⋯ 제가 처리하겠습니다."

흥미롭게도 가벼웠던 그의 어투가 진중하게 바뀌었다.

"검, 네가?"

"예, 사부님에게 존을 소개해 준 것이 저였습니다. 그가 문제를 일으킬 것 같으니 제가 처리해야 할 것 같습니다. 그를 죽이기 전에⋯⋯ 왜 그가 사부님의 뒤를 쫓는지도 알아내겠습니다."

"존을 죽이겠다고?"

알렉스가 그렇게 놀란 음성을 터트리며 팀을 쳐다봤

다.

"그래, 난 할 수 있어."

팀의 단호한 의지가 느껴졌다.

"팀과 같이하겠습니다. 스승님."

알렉스가 사이드미러로 나를 쳐다보며 말했다.

"우리가 몰랐던 세상이 있다는 것을 알게 되었을 때, 이런 날이 오리라는 것을 알고 있었습니다. 그때부터 팀과 저는 각오가 되어 있습니다."

"너희 둘, 뭔가를 크게 오해하고 있군."

"……?"

"우리는 갱단 같은 범죄 집단이 아니다. 존 크레이. 그 사립 탐정이 내게 직접적인 위협을 가하지 않는 이상, 그를 죽일 생각은 없다. 무작정 죽이겠다니. 어이가 없군. 그렇게 문제를 처리하라고 너희에게 천체일신공을 전수한 게 아니다. 그런 생각을 항시 가지고 있었다면, 두 사람이 그 힘을 가질 자격이 되지 않는다면…… 나는 너희에게서 그 힘을 다시 가져오는 수밖에 없다."

팀과 알렉스와 인연을 맺게 된 이후로, 가장 무거운 분위기가 흘렀다.

팀과 알렉스는 아무런 말도 하지 못했다. 하지만 한 번은 짚고 넘어가야 할 일이었다. 힘의 남용은 내가 우려하는 일 중 하나였기 때문이다.

 마찬가지로 건즈를 공격하고 빅핏을 처리한 일이, 내게 고민으로 남아 있다.

 과연 나부터가 필요 이상으로 힘을 남용한 것인지 아닌지?

 "하하!"

 나는 웃으면서 분위기를 바꾸고자 했다.

 "너희에게 힘을 준 것을 후회하진 않는다. 신중하게 생각했고 결정을 내렸으니까. 다만, 허락 없이 일을 저지른다면 그에 따른 책임을 묻게 될 테지."

 "예."

 "그리고 지금처럼 너희 둘이 나를 생각해 주는 건 좋은 일이다. 그러나 이 정도 일은 내게 문제 될 게 없어. 처리해야 할 일이 있으면 따로 말해 줄 테니, 따로 신경 쓰지 않아도 된다."

 내가 공력을 체내로 갈무리를 하자 라디오가 다시 정상적으로 기능했다.

 "이런 우중충한 날에는 그가 그리워지죠. 체인지(change)입니다."라고 말하는 라디오 DJ의 목소리가 흘러나왔다. 아이러니하게도 갱스터 랩의 전설 투팍의 노래였다. 전주가 시작되자 팀이 황급히 라디오를 껐다.

내 눈치를 보는 팀의 태도가 꽤 우스꽝스러워서 나는 웃으면서 말했다.

"괜찮아. 노래는 노래일 뿐이니까."

"궁금한 게 있습니다. 사부, 혹시 사부가 투팍을 처리한 건 아니죠?"

"야!"

알렉스가 이거 미친 거 아냐 라는 눈초리로 팀을 쏘아보았다.

"하……하하……하하……."

공허한 웃음소리가 차 안에 맴돌았다.

"농담이잖아……."

팀은 거의 울상이 되어 고개를 푹 숙였다.

*   *   *

집에 도착했을 때 시간은 새벽 3시였다. 도착하니 떠났을 때와 같이 어수선한 건 마찬가지였다.

평상시에는 보이지도 않던 경찰차가 경광등을 켠 채로 할렘가 골목 곳곳에 배치되어 있었다. 알렉스가 몰던 차는 고가(高價)의 벤츠라 검문을 받았다.

그러나 팀과 알렉스를 알아본 경찰관이 둘에게 사인을 받더니,

"바쁜 분들이시라 뉴스를 못 봤나 보군요. 돌아가시는 게 좋을 겁니다. 보스가 죽었다더니, 검둥이들이 집단으로 광우병에 걸렸나 봅니다."

라면서 상냥하게 조언까지 했다.

탕탕탕!

어디선가에서 총소리가 세 번 연달아 들렸다.

"위험합니다. 어서 돌아가세요."

경찰관은 그 말을 남기고선 자리를 떠났다.

"스승님의 말씀이 맞았습니다. 주도권을 두고 분쟁이 터진 모양입니다."

"그러니까 우리 집으로 가자니까요, 사부."

알렉스와 팀이 말했다.

하지만 둘과 함께 가지 말아야 할 이유가 있었다. 내 집 안에서 한 사람의 기운이 느껴졌기 때문이다. 나는 그 사실을 말하지 않은 채 둘을 돌려보냈다.

문은 잠겨 있지 않았고 거실 등도 꺼져 있었다. 초대받지 않은 손님은 빈방에 숨어 있었다. 그곳은 갱단 녀석들을 감금해 두었던 곳이다. 거실 등을 켠 다음 환히 열려 있는 빈방으로 걸어갔다. 침입자는 낡은 벽장 안에 있었다. 두 눈에 힘을 주자 벽장 문 사이로 나를 바라보고 있는 눈동자가 보였다. 그 눈은 매우 침착했다.

그 갈색 눈동자를 본 기억이 있다. 사립 탐정 존 크레이, 바로 그였다.

큰 덩치가 좁은 벽장 안에 숨어 있다니, 나는 속으로 혀를 차면서 형광등을 켰다. 그리고는 옷걸이에 걸린 운동복 상의를 집어 들고 불을 끄면서 모르는 척했다.

일부러 화장실로 들어갔다.

세면대 수도를 틀고 그가 나올 때까지 기다렸다. 그는 그 옷장에서 나오지 않다가 5분 정도 지났을 때 움직이기 시작했다. 그가 거실로 나온 것을 느꼈을 때, 나는 마치 막 세수를 끝내고 나온 사람처럼 수건을 들고 거실로 나왔다.

그와 제대로 딱 마주쳤다.

덩치 큰 백인 중년 남자가 소음기가 달린 총으로 나를 겨눴다.

"아!"

놀라는 척했다.

존 크레이는 의도치 않게 나와 마주쳤음에도 불구하고 매우 침착했다.

"놀라게 했다면 미안합니다. 이 상황을 설명해 드릴 수 있습니다. 총을 거둘 테니 섣부르게 행동하지 않으면 좋겠습니다. 이해하셨다면 고개를 끄덕이시면 됩니다."

그가 뜻밖에도 정중하게 말했다.

나는 고개를 끄덕였다.

"김청수라는 한국인을 아시지요? 당신의 친구이지 않습니까? 나는 그가 고용한 탐정입니다. 이제 신분증을 보여 드릴 테니 놀라지 마십시오."

그는 점퍼 안주머니에서 지갑을 꺼내 사립탐정증을 내보였다.

"압니다. 그쪽이 미스터 존이군요. 내 친구에게 문제가 있어서, 팀을 통해 그쪽을 소개해 주었습니다. 그래도 이건 정말 심하군요. 허락도 없이."

나는 안도했다는 듯이 말했다.

"사실 오늘 정, 당신을 많이 찾아 헤맸습니다."

"나를 말입니까?"

"저를 믿기 힘드신 것 압니다. 또 너무 갑작스러운 일이라 경황이 없다는 것도 압니다. 하지만 상황이 좋지 않습니다. 갱이 당신과 당신의 친구를 노리고 있습니다. 그리고 당신 친구와는 별개로, 이미 당신도 문제를 겪은 모양인 것 같습니다만."

그가 엉망진창이 된 거실을 둘러보며 말했다.

"그렇지 않아도 911에 신고를 해야 할까 고민하고 있었습니다. 마침 잘 와 주셨어요."

"신고를 해도 소용이 없을 겁니다."

"친구가 갱과 엮인 것을 알고 있었습니다. 그래서 오

늘 브루클린 브리지를 건너 피해 있었습니다. 그런데 그 친구가 우리 집 열쇠도 가지고 있는데, 제가 집을 비운 사이에 우리 집에서 무슨 일이 일어났었나 봅니다. 무슨 일이 있었던 거죠? 그 친구는 괜찮을까요?"

"나도 아직은 모릅니다. 김(Kim)에게 연락을 해 보세요."

이자는 무슨 생각일까?

가상의 인물 김청수와 내가 연락이 닿는다면 이 모든 상황이 거짓임을 들통나게 되는데도 불구하고, 그는 내게 김청수와의 연락을 종용하고 있었다.

그의 시선이 내 호주머니에 머물렀다. 호주머니 속에는 핸드폰이 있다. 이자의 목적이 김청수의 연락처를 습득하는 데에 있는 것일까? 나는 표정을 걱정스럽게 꾸몄다.

"존은 그 친구의 연락처를 알고 있습니까? 나는 모릅니다. 그래서 더 걱정이 되고요."

"김의 연락처를 모른다는 말씀이십니까?"

"네, 김과 저는 그렇게 친하지는 않습니다. 걱정이 들기는 하지만, 그래서 더 황당하고 화도 납니다. 그 친구는 대체 나를 무슨 일에 휘말리게 한 거죠?"

존은 잠깐 할 말을 잃은 것 같았다. 잠시 뒤 그가 가증스러운 얼굴로 입을 열었다.

"그럼 김과는 어떻게 연락을 해 왔던 것입니까?"

"우리는 센트럴 파크에서 자주 만났습니다. 그도 나도 같은 한국인이라서 빠르게 친해지기는 했습니다만 그게 불과 일주일도 안 된 일입니다. 열쇠는 APL 과제를 집에 놓고 와서 그에게 부탁할 때 맡긴 뒤로 되돌려받지 않았던 건데, 그 사이에 이런 일이 있으리라고는 생각도 못 했습니다."

"정은 곤란한 상황에 처했습니다. 이 일을 해결하기 위해선 지금 우리는 김과 연락이 닿아야 합니다."

"모르겠습니다. 모르겠어요. 팀은 존이 이런 일을 해결하는 데 최고라고 했습니다. 가진 것은 별로 안 되지만, 저는 존에게 제 문제를 해결해 달라고 의뢰……."

"핸드폰을 볼 수 있겠습니까?"

그가 중간에 내 말을 가로챘다.

"왜죠?"

"도청 장치가 설치됐는지 확인해 봐야 합니다."

나는 호주머니에서 핸드폰을 꺼내 그에게 건넸다.

"일회용 핸드폰입니다. 원래 있던 핸드폰은 브루클린 브리지를 건너며 버렸습니다."

핸드폰을 확인한 그가 약간 달라진 눈빛으로 나를 쳐다봤다.

"가지고 있었던 핸드폰을 버리신 건 잘하신 일입니다."

"팀이 그렇게 하라고 조언해 주더군요."

"김과는 어떻게 만나셨습니까?"

나는 잠깐 뜸을 들였다.

"변호사를 선임해야 할 상황입니까? 도와주시는 것은 좋은데, 취조를 받고 있는 것 같다는 기분을 뿌리칠 수가 없군요."

"오해하지 마십시오. 김과 연락이 닿아야 이 문제를 해결할 수 있다고 말씀드렸습니다. 김이 비록 제 의뢰인이지만 정이 팀의 친구이기 때문에 한 가지 조언을 드리겠습니다. 지금은 정 당신 생각만 하십시오. 김을 생각해서 제게 말씀하시지 않는 게 있다면, 그 피해는 온전히 정에게 돌아갑니다. 김이 자취를 감췄으니 갱들은 이렇게 드러난 정을 쫓을 겁니다."

존은 최대한 부드럽게 말하려고 노력하는 것 같았다.

"화가 납니다."

"이해합니다."

"저는 컬럼비아에서 APL 프로그램을 이수하고 있는데 미국에 온 지 얼마 되지 않아서 발음이 썩 좋지 않습니다. 제 발음을 듣고 계시니 아시겠지요. 저는 시간이 나면 때때로 센트럴 파크에서 산책을 합니다. 거기서 김과 만났습니다. 그는 한국인이었고, 또 저와 같이 영어 문제로 고민을 하고 있던 터라서 우리는 빠르게 친해졌습니다. 센트럴 파크에 가면 그는 자주 그곳에 있었습니다."

"김에 대해서 자세히 들려주시겠습니까?"

"한국에 부산이라는 항구도시가 있습니다. 김은 그곳에서 왔다고 했습니다. 나이도 저와 같았습니다. 그는 평소에 자기 이야기를 잘 하지 않았습니다. 아니, 우리는 사생활에 대해선 대화를 나누지 않았습니다. 우리의 공통된 화제는 영어였습니다."

"영어?"

그의 눈썹이 살짝 치켜 올라갔다.

"유학생들은 영어가 제일 고민입니다. 김에 대해 더 말씀드리고 싶어도 아는 게 이것뿐입니다. 말씀드렸다시피 우리는 고작 일주일 전에 만났습니다. 어째서 그 같은 평범한 친구가 갱과 시비가 붙었는지도 모르겠습니다."

그는 천천히 고개를 끄덕거렸다. 그의 표정을 통해 무슨 생각을 하고 있는지는 알 수 없었다.

"지금 정이 처한 상황을 아는 다른 사람이 있습니까?"

"팀과 알렉스 말고는 없습니다. 한국에도 걱정을 끼쳐 드리기 싫어 말씀을 드리지 않았습니다."

"잘하셨습니다. 그런데 정은 보호가 필요합니다. 제

가 정부에서 제공하는 증인 보호 프로그램과 같은 서비스를 제공할 수 있습니다. 그런데 두 배우에게도 이 사실을 알리면 안 됩니다."

"왜죠?"

"증인 보호 프로그램이 운용되는 방식과 동일하다고 생각하시면 됩니다. 다른 주의 비밀 가옥으로 옮긴 후 신분을 바꿔야 합니다. 그런데 그 과정에서 그런 프로그램을 진행하고 있다는 사실을 누군가에게 알리면 갱들도 그 사실을 알게 됩니다. 갱들의 정보력은 대단합니다. 두 배우가 보안 전문가가 아닌 이상 정보는 노출되게 되죠."

"하지만 아무런 말도 없이 제가 사라져 버린다면 모두 크게 걱정할 겁니다."

"그 부분은 정이 감당해야 할 일입니다."

"팀과 알렉스는 바보가 아닙니다. 제가 사라지면 그 이유를 존에게 찾을 겁니다. 팀이 그러던데 존이 오늘 저를 많이 찾았다고 들었습니다. 두 사람에게는 어떻게 말할 생각이시죠?"

"오늘 내가 정을 찾았던 이유는 갱들의 추격 때문이었습니다. 정이 지금 나와 만나지 않았다고 해도 오늘 밤 사라졌을 겁니다."

"갱이 납치했다?"

존이 고개를 끄덕였다.

"둘이 그렇게 믿게 하기 싫으시다면 편지를 남기는 방법도 있습니다. 갱의 추격을 피해 주 전체를 여행하고 돌아오겠다고 말입니다."

나는 잠깐 고민하는 척했다.

존의 의도는 알 것 같았다.

그는 선량한 의도로 보호 프로그램을 제안한 것이 아니다. 나를 아무도 모르는 밀실로 유도하여 감금하려는 속셈인 것이 분명해졌다. 그리고 어떤 방식으로든 사실을 캐내려 하겠지.

교묘한 말로 사람을 속이는 것이라서, 이 덩치 큰 백인에게 분노가 일었다.

그가 사립 탐정으로 얻은 큰 명성은 넓은 인맥으로 이뤄졌겠지만, 그 이면에는 이러한 악질적인 방법도 있었던 것이다. 하지만 속단할 수는 없어서 나는 모르는 체하고 말했다.

"알겠습니다. 비용은 어떻게 되죠?"

"이동하면서 알려 드리겠습니다."

브롱크스(Bronx) 서부는 할렘 맨션에서 40분쯤 되는 거리로 그리 멀지 않은 곳이다.

존은 그곳의 갓길에 주차하고 먼저 내렸다. 리모델링

공사가 한창 진행 중인 2층 상가가 내 앞에 있었다. 상가 건물 명패에 적시된 주소는 뉴욕주 169번 거리 128번지(128 East 169th Street, Bronx, NY)였다. 혹시 하는 마음에 그 주소를 눈에 담은 다음, 존을 뒤따라갔다.

공사 자재가 널브러진 계단을 통해 2층으로 올라갔고 페인트가 피처럼 뿌려진 통로를 걸었다. 대부분의 방은 문이 열려 공사 현장을 훤히 드러내고 있었는데 한 방만 굳게 닫혀 있었다. 그 방문만큼은 신기하게도 강철로 돼 있었다.

느낌이 왔다.

존은 열쇠로 그 방을 열고 들어갔다.

창문이 없는 그곳은 감옥과 다를 바가 없었다. 벽지 없이 회색 페인트를 아무렇게 칠한 벽, 스프링이 튀어나온 낡은 침대, 다리 하나를 잃고 기울어져 있는 목제 의자, 그리고 방구석에서 피를 깨끗이 치우지 못해 만들어진 흔적이 있었다.

"오늘만 이곳에서 지내면 됩니다. 그럼 문제는 해결될 것입니다, 정."

그가 방 안에서 나를 향해 손짓했다. 내가 안으로 들어가자 그는 방문을 닫았다.

그는 내가 도망칠 것을 염려했는지 방문을 등지고 섰다.

"방음이 잘된 곳입니다. 아무리 소리쳐도 밖에선 들

리지 않죠. 소리 한번 질러 봐도 좋습니다."

"감옥과 다를 바가 없군요."

"맞습니다. 여긴 사설 감옥입니다."

그러면서 그가 빙그레 웃는다. 본색을 드러낸 것이다.

"정은 한국에서 사법 공무원을 뽑는 시험에 합격할 만큼 뛰어난 사람이지요? 그럼 어떤 상황에 처했는지 지금쯤은 눈치를 채셨을 겁니다."

"그 사이 나에 대해서 알아보셨군요. 그리고 여긴 안전 가옥이 아니군요. 크큭, 계속 궁금했던 것이 하나 있습니다."

"얼마든지."

그는 단조롭게 말하면서 허리춤에서 권총을 빼들었다.

"존, 당신이 여기에 온 걸 나 말고 또 누가 알고 있습니까?"

내가 물었다.

"우리 말고는 아무도 없습니다. 이제 김(Kim)에 대해서 다시 대화를 나눠 봅시다. 이곳에 오니까 기억나는 것들이 있을 거라고 생각합니다. 그렇지 않습니까? 내가 원하는 것을 말해 주면 돌려보내 주겠습니다, 정."

그의 총구가 정확히 내 심장을 겨냥했다.

"아니, 나를 살려 보낼 생각이었다면 이곳에 데리고 오지도 않았겠지."

"맞는 말입니다. 하지만 그렇게 눈치를 챘으니……
우리 대화가 힘들어지겠어."

툭.

그가 뒷주머니에서 꺼낸 뭔가를 내 앞으로 던졌다.
나는 바닥에 떨어진 수갑을 물끄러미 쳐다봤다. 복면에
수갑까지, 하루 만에 여러 가지를 겪어 보는군, 속으로
뇌까렸다.

"그걸로 어떻게 해야 하는지 알잖아, 정."

그가 말했다.

"내가 이것을 드는 순간 우리들의 긴밀한 대화가 시
작되겠지?"

그는 내 말을 듣고 쯧 하고 혀를 찼다.

"이 방에서도 그렇게 여유를 부리는 걸 보니, 그래도
내가 사람을 제대로 데려온 모양이군. 와인이라도 대접
하고 싶지만, 시간이 없어."

나는 고개를 한 번 저었다.

"아쉽게도 나는 그쪽 이야기를 들어 줄 시간이 있거
든. 이제 우리, 그쪽이 원하는 대화를 시작하지."

혈관이 확장되는 게 느껴졌다. 혈액이 체내에 빠르게
돌기 시작했고 단전에 있던 공력이 터져 나와 전신 곳
곳으로 침투해 들어간다.

우드드드득.

약간의 통증이 일면서 뼈마디가 부딪치는 소리가 온 몸에서 일어난다. 소리가 더욱 강하게 커지던 그 순간, 소매 밖으로 드러나 있던 양손이 소매 안으로 모습을 감췄다. 몸도 아래로 꺼지면서 운동복 하의 밑단이 바닥에 내리깔렸다. 계속 움직거리고 있던 얼굴뼈와 근육도 드디어 움직임을 멈췄다.

우드득.

고개를 비틀면서 목뼈를 제대로 맞췄다.

"너…… 너……!"

존이 경악에 일그러진 얼굴로 목소리를 터트렸다.

"네가 찾던 사람이 바로 이 얼굴이지?"

내가 말했다.

탕!

총소리가 났다. 하지만 이미 내가 그의 품 안으로 깊숙이 파고든 뒤였다.

"이제 네가 말할 차례야, 존."

그의 목을 움켜쥐며 말했다.

* * *

제대로 된 분근착골(分筋錯骨)은 일반인이 감당하기 어렵다. 고문(古文)에 의하면 그 고통은 산 채로 삶아지는 것과는 비할 바 없다고 한다.

 한 일례로 분근착골을 이기지 못한 피고문자가 자신의 가족을 향한 송사(訟事)에서 위증을 하여, 사랑하는 부인과 처자식을 모두 사형당하게 만들고 자신 또한 분근착골의 후유증으로 앓다가 죽었다는 기록이 있다.

 분근착골의 강도는 시전자가 품은 공력에 따라 조절할 수 있다. 편의상 내가 시전할 수 있는 분근착골을 일급, 이급, 삼급으로 나누고자 한다.

 이에 앞서 말한 제대로 된 분근착골은 일급을 말한다. 현묘한 공력을 품은 고수가 아닌 이상 누구도 일급의 분근착골을 당해내지 못하고 쇼크사에 이르게 된다. 이급도 마찬가지다. 다만, 목숨만 부지할 뿐이지 그 고통 때문에 미치광이가 된다.

 그나마 삼급은 목숨과 정신을 상실하지 않을 수 있다. 대신 평생 불구가 된다. 온몸의 근육이 끊기고 뼈가 바스러지는 것은 인간이 가진 치유력의 한계를 뛰어넘을뿐더러, 이쪽 세상의 현대 의학도 그것을 어떻게 하지 못한다.

 고문 기술자들은 인간의 육체가 아닌 정신을 고문한다고 한다. 잠을 재우지 않고, 끊임없이 똑같은 질문을 하고, 거짓 속에 진실을 섞어 피고문자를 혼란케 하고, 그 와중에도 정보를 토로하면 살 수 있다는 희망을 보여 준다는 것이다. 이는 육체적인 고통을 이겨낼 수 있는 고도의 훈련을 받은 자들이나 강인한 정신력의 소유자에게 하는 것이다.

의문이 들었다.

국방부 육군성 참모 출신인 존 크레이가 분근착골의 고통을 감당할 수 있을까? 고도의 훈련을 받았을 그가 과연 끝까지 입을 열지 않을까?

결론부터 말하자면 그는 분근착골의 지옥 같은 고통을 이겨냈다. 이급의 강도로 시전을 했다고 해도 그건 실로 감탄할 만한 일이었다. 더욱이 그는 이지를 상실하지도 않았다. 고문을 감당하는 훈련을 제대로 받은 것인가?

나는 그의 어깨를 붙잡고 있던 손을 놓았다. 그가 앞으로 고꾸라졌다.

꿀럭꿀럭.

바닥에 쓰러진 그가 연방 피를 토하는 통에 바닥은 금세 피범벅이 되었다.

"다시 묻겠어. 존, 누가 지시하였지?"

"나 스스로……"

그가 간신히 대답했다. 그는 계속 그렇게 말해 왔다. 건즈라는 거대 갱 조직이 만 하루 만에 해체되었다는 것이 매우 충격으로 다가왔고, 이 불가사의한 일에 대한 의문을 참을 수 없어서 스스로 추적을 했다는 것이다.

물론 거짓말이다.

그랬다면 경험 많고 뛰어난 탐정인 그가 빈틈을 보일 정도로 일을 서두르지 않았을 테니까.

"네가 해 준 말을 똑같이 해 줘야겠어. 존, 지금 다른 사람을 생각할 때가 아니야. 네 목숨만 생각해."

"키킥……"

그는 고통에 일그러진 얼굴을 하면서도 웃어댔다.

"너…… 너는 날 살려 줄 생각……이 없잖아. 쿨럭쿨럭. 나는 보지 말아야…… 할 것을 봤어. 너는…… 뭐지……? 인간? ……ULO(Unidentified Life On: 미확인 생물체)? ……사탄? ……어차피 나는 죽을 테니까…… 알려 줘. 쿨럭."

"세상에 그런 친절한 적은 없어. 나는 네가 죽어 시체가 되어도 그런 이야기 안 해. 아, 그리고 설마 이 얼굴이 내 진짜 얼굴이라고 생각하는 건 아니겠지?"

"……너는 사탄……."

그는 희망을 잃었다.

그것이 문제였다.

고통을 이겨낼 수 있는 훈련을 받았을 뿐만 아니라 정신력도 강했다.

더욱이 희망조차 잃었으니 입을 열지 않을 거라는 확

신이 들었다.

이제 내게 몇 가지 선택이 남아 있다. 하나는 그의 입을 열게 만들 정보를 입수하는 것이고, 다른 하나는 제대로 된 분근착골을 시전해 그가 쇼크사하기 전에 사실을 불게 만드는 것이다.

결정을 내린 나는 이동하기 전에 그의 아혈부터 짚었다.

그런 다음 그의 소지품, 이를테면 핸드폰, 지갑, 자동차와 감옥 열쇠, 정체불명의 USB들을 습득한 후 그의 링컨에 올라탔다. 경공술로 빌딩을 뛰어 넘나들며 이동하기에는 이미 해가 떠오르고 있었다.

처음 해 보는 운전이었다. 어렵지 않았다.

맨해튼으로 들어가기 전까지의 도로도 한산해서 금방 익숙해졌다. 다행히 러시아워가 시작될 무렵에 타임워너 센터의 주차장까지 도착했다. 무사히 주차까지 마친 나는 로비로 올라왔다.

그곳 로비 데스크에서 경비원과 마주쳤다. 그는 졸음이 가득한 눈을 하고 있었다.

그가 눈을 비빈 후에 내게 친근한 미소를 보였다.

"어제 당직을 서서요."

그가 말했다.

나는 고개를 끄덕였다.

엘리베이터 앞에 섰다. 21층에 있던 엘리베이터가 내

려오길 기다리는데 처음 보는 백인 여성이 내게 인사를 했다.

"존, 운동복 차림이 보기 좋으신데요. 그런데…… 살을 조금 빼셔야겠어요."

그녀가 빙긋 웃었다.

이번에도 나는 말을 아끼고 고개만 꾸벅였다. 이윽고 엘리베이터가 도착했다.

엘리베이터에 들어서자 정면으로 거울이 있었다. 거울 안에서는 완고한 인상의 백인 남자가 나를 빤히 쳐다보고 있었다. 내가 턱을 쓰다듬자 그도 턱을 쓰다듬는다. 썩 잘생긴 얼굴이 아니라서 나는 엘리베이터 문쪽으로 몸을 돌렸다.

43층.

지갑의 카드 수납공간에 있던 출입 카드로 문을 열고 존 크레이의 사무실 안으로 들어갔다. 커튼부터 젖혔다. 거실로 햇빛이 쏟아 들어오며, 그가 응접실로 쓰고 있는 거실이 대번에 환해졌다.

사무실에 방이 세 개 있었다. 존 크레이의 개인 서재와 침실은 열려 있었다. 잠겨 있는 방을 강제로 열고 들어가 보니, 그곳은 권총과 소총을 비롯한 화기와 탐정 일을 할 때 쓰는 여러 도구를 모아 놓은 곳이었다.

첫 번째로 거실에 있던 컴퓨터를 수색했다. 암호 시

스템은 그의 USB를 삽입하자 해결되었다. 의뢰 처리 경과서가 일자별로 잘 정리되어 있었고, 그에 따른 각각 폴더 안에는 입증 영상 자료와 녹음 자료가 들어 있었다.

김청수라는 신분으로 내가 맡겼던 의뢰도 있었다. 기가 막힌 것은 그 폴더 안에 존과 면담하던 장면마저도 녹화되어 있었다는 것이다. CCTV 카메라는 거실 선반의 컴포넌트에 숨겨져 있었다.

또 그는 의뢰를 맡을 때 의뢰자의 신원에 대해서 자체적으로 조사를 했었던 모양이다.

각 폴더 안에 의뢰자의 신원 정보가 저장된 파일이 들어 있었다. 신원 정보 출처가 대부분 미국 국토안보부(DHS)와 출입국 관리소였다. 물론 합법적인 경로는 아닐 것이다.

그는 김청수에 대해서 No data라고 짧게 다루고, 대신 나와 팀의 기록을 첨부해 두었다. 그는 어떠한 경로로 얻었는지 모르지만, 한국에서 발급된 내 여권 정보까지 스캔 파일로 가지고 있었다. 나는 그 치밀함에 혀를 내둘렀다.

그런데 김청수의 의뢰 다음으로 더는 없었다. 시간이 촉박해 의뢰 정보를 저장해 두지 못했거나, 내가 모르는 방법으로 컴퓨터 어딘가에 정보를 숨겨 두었을 수도 있었다. 그것이 끝이었다. 내가 할 수 있는 한계까지 컴퓨터를 뒤져 보았지만 특별한 건 나오지 않았다.

전화기로 관심을 돌렸다.

재다이얼 버튼을 눌렀다. 전화기 액정에 낯익은 핸드폰 번호가 떴다. 팀의 번호였기 때문에 바로 발신을 끊었다. 최신 수신 목록을 찾아보고자 했지만, 사무실 전화기에는 안타깝게도 그런 기능이 없었다.

존의 핸드폰은 운전 중에 뒤적거려 봤었다. 발신 번호도 수신 번호도 모두 남겨져 있지 않았다. 이런 경우를 예상했기 때문일까? 그는 개인 연락처 하나 저장해 두지 않았다.

전화기에서 신경을 끄고 그의 사무실 안 구석구석을 수색했다. 침실에서 그의 아내와 장성한 아들로 추정되는 사진을 발견했고, 화기가 있는 방에서는 금고를 발견했다. 그의 치밀한 성격을 반영하듯 꼭꼭 숨겨져 있었다. 운이 좋지 않았다면 벽장 금고를 발견하기 어려웠을 것이다.

금고 암호 입력 방식은 버튼식이다. 암호를 몰랐지만, 필요 없다고 생각했다. 강제로 금고를 열면 되기 때문이다. 안의 내용물이 상하지 않도록 금고문을 천천히 녹일 생각으로 금고문에 오른 손바닥을 가져다 댔다.

존 크레이는 보안에 편집증이 있는 인물이다. 그가

금고에 보안 장치를 해 놓지 않았으리라고는 생각하지 않았다. 어떠한 보안 장치가 있을까?

 강제로 열려 하면 보안 업체에 비상 연락이 가는 방식일까. 그런 것이라면 문제 될 것이 없다. 지금의 얼굴로 금고에 문제가 있어 손을 봤다고 둘러대면 될 테니까. 그러나 어떠한 보안 장치가 있는지 모르기 때문에 신중을 기해야겠다는 생각이 들었다.

 스스스.

 공력을 일으키자 오른손에서 뻘건 아지랑이가 피어올랐다. 또한, 손바닥을 댄 주위로 강철이 빨갛게 달아오른다.

 금고의 반응에 온 신경을 집중했다. 아니나 다를까, 금고 안에서 이질적인 열기가 느껴졌다. 열기가 꿈틀거리는 찰나, 거침없이 금고문을 뜯어냈다. 금고 안에서는 막 불길이 일고 있었다. 가닥가닥 나뉜 붉은 혓바닥 사이로 서류 한 장이 시선에 들어왔다. 오직 그것 한 장뿐이었다. 금고의 보안 장치가 일으킨 불길보다 한 박자 빨리 서류를 움켜쥐었다.

 간발의 차라고 생각했다.

 그러나 밖으로 서류를 꺼냈을 때는 이미 반쯤이 타고 없었다. 나는 내가 가진 반쪽을 살펴봤다.

 1322201, 0022103, 2171703……

의미를 알 수 없는 7자리의 숫자가 계속 나열되고 있었고, 마지막에는 인장 하나가 찍혀 있었다. 이 자리에서 암호를 파악할 순 없었다. 하지만 인장의 모양이 낯이 익었다.

눈살을 찌푸리며 기억을 더듬었다.

그래!

빅핏의 손등에 있던 것과 비슷해.

이 서류 한 장이 존 크레이를 하여금 내 뒤를 캐고 다니게 했다는 것을 직감했다.

러시아워를 뚫고 브롱크스로 돌아왔다.

신음하고 있던 존 크레이가 인기척을 느끼고 고개를 들었다. 그의 몰골은 처참했다.

그는 관절을 이어 주는 고무줄이 끊긴 피규어처럼 기형적인 자세로 쓰러져 있었다. 현대 의학으로도 그를 고치기 어려워 보였다. 현대 의학과 동양 의학을 섭렵한 천의(天醫)라면 어떻게든 다시 걷게 만들 수는 있겠지만.

그가 내 얼굴을 확인하고 두 눈을 부릅떴다. 그 앞에 서 있는 남자가 바로 자신과 똑같이 생겼기 때문이다. 그의 얼굴이 파르르 떨렸다.

"쿠, 쿨럭, 하늘에 계신 우리 아버지여, 쿨럭, 아버지의 이름을 거룩……."

존 크레이는 계속 피를 토하면서 주기도문을 외우기 시작했다.

쓰윽.

금고에서 찾아온 반쪽짜리 서류를 꺼내 그의 눈앞에 들이밀었다.

"이게 뭐지?"

"거룩하게 하시며…… 쿨럭…… 아, 아버지의 나라가 오시며……."

그는 두 눈을 질끈 감고 계속해서 주기도문을 외웠다. 내가 그의 가족을 사진을 꺼냈을 때 그의 주기도문은 '우리를 시험에 빠지지 않게 하시고 악에서 구하소서'까지 나가 있었다. 나는 그의 사무실에서 알게 된 이름들을 내뱉었다.

"사라."

그 귀여운 이름을 가진 소녀는 존 크레이의 딸이었다.

"도리아."

이번엔 아내의 이름을 뇌까렸다. 버클이 경찰서장을 협박했던 모습이 떠올라 기분이 썩 좋지는 않았지만, 그의 눈을 뜨게 만드는 데 이것만큼 효과적인 것은 없었다. 눈을 번쩍 뜬 그에게 단란한 가족의 모습이 담긴 사진을 보여 주었다.

새삼스레 참 치사하다는 생각이 들긴 했다.

"나, 나라와 권능과 영광이…… 쿨럭…… 영원히 아버지의 것입니다……. 아멘."

그가 나를 노려보며 말했다.

나는 고개를 저었다.

"네가 절실한 기독교인인 줄은 몰랐군. 하지만 넌 천국에 가지 못할 거야. 존 크레이, 주위를 봐. 여긴 네가 만든 지옥이잖아."

창문 하나 없이 회색 페인트로 칠해진 방. 낫을 든 사신만 있다면 한층 더 잘 어울릴 것 같았다.

"나, 나는 사탄에게 현혹되지 않는다. 쿨럭."

그가 나를 사탄으로 생각하든 말든 그냥 내버려 뒀다.

"다시 묻겠다, 존. 이 서류에 대해서 설명해 봐. 이 서류는 누가 보낸 거지?"

그는 침묵을 유지했다.

"나를 더 화나게 하지 마, 하지만 네가 계속 이렇게 나온다면 내게 남은 방법은 한 가지야."

그러자 그가 핏발이 선 눈으로 나를 노려보았다. 그가 힘들게 팔을 움직여댔지만, 근육이 끊긴 그것은 제대로 움직이지 않았다. 내 손에 들린 그의 가족사진을 원하는 것 같았다.

"가, 가족에겐 손대지 마."

결국, 그는 굵은 눈물을 흘리기 시작했다.

하지만 그것이 다였다. 내가 몇 번을 물어도 그는 사실을 토설하지 않았다.

그의 가족을 이 자리에 데려오는 건 손쉬운 일이다. 하지만 그는 눈앞에서 가족이 고문을 당해도 입을 열지 않을 남자였다. 더군다나 아무것도 모르는 선량한 그의 가족들을 납치 고문하는 것은 나로서는 절대 할 수 없는 일이었다. 거기까지 나아가면 진정 나는 그가 말하는 대로 사탄에 불과하니까.

어쩔 수 없이 그의 어깨를 움켜쥐었다. 결국, 분근착골을 사용하는 수밖에 없었다. 아무리 고통을 감내하는 훈련을 받은 그라 할지라도 제대로 된 분근착골을 이겨낼 순 없을 거라고 생각했다. 설사 그가 분근착골의 고통을 이겨내 토설 없이 죽어 버려도 내게는 이 일을 조사할 단서가 있었다.

"네 의중은 알겠다. 그럼 형벌을 받아야겠지. 존, 네가 만든 지옥에서."

그의 체내로 공력을 주입했다.

공력은 또 하나의 감각으로 변화하여 그의 체내 정보를 알려 주기 시작했다.

뼈, 근육, 장기······.

하나하나가 손에 잡힐 듯이 생생하게 느껴졌다.

그것들의 반절 이상이 이미 바스러지고 갈기갈기 찢겨 있었는데, 나는 손에 사정을 두지 않았다.

"으아아악!"

그가 눈을 뒤집어 까며 비명을 질러댔다.

"토설하면 이 고통을 멈출 수 있다."

"으아악!"

그는 인두에 지져지는 개구리처럼 온몸을 비틀어댔다. 그의 심장이 곧 터질 것처럼 쿵쾅거리기 시작했다. 그에게서 흘러내는 피는 완전한 흑색이었다. 손에 힘을 더 주자, 그의 얼굴이 괴병에 걸린 사람처럼 변하기 시작한다.

새하얗게 핏기없는 얼굴 위로는 시퍼런 혈관들이 꿈틀거리고 눈에서 검은색 피가 흘러내린다.

"으아아아악!"

이토록 고통스러운 비명은 처음 들어 보았다. 그는 정말 지옥에서 불에 달궈지는 것처럼 절규했다.

"몰……몰라……."

드디어 그가 입을 열었다.

"의, 의뢰인…… 몰라……. 내가…… 받은 건…… 그거뿐이야……."

실망스러운 답변이었다. 분근착골의 고통 속에서 토설한 그 대답은 결코 거짓이 아니리라.

"너는 조사에 착수하기 전에 의뢰인에 대해서부터 알

아내잖아. 안 그래?"

"알면…… 안 돼. 그……자들…… 안 돼."

"그자들이라면 이 인장을 사용하는 집단을 말하는 거겠지? 한 명이 아니군."

"제……제발 우리 가족은……."

"그건 네 대답 여하에 달려 있다. 나는 이 비슷한 인장을 빅핏의 손등에서 보았다. 건즈는 아닌가?"

"아, 아니야."

"그럼?"

"몰라……. 접, 접근할 수 없었어……. 접근하면 안 돼. 이제 그만, 이제 그만 날 죽여 줘."

"마지막이다. 이 암호는 어떻게 해독하지? 이 숫자들 말이야. 너는 알고 있어."

"종의 기원……."

"종의 기원?"

"아아아악!"

그때였다. 그가 갑자기 전신을 파르르 떨더니 더 이상 움직이지 않았다. 소리도 없었다. 그의 기운이 한순간에 사라졌다. 그것은 곧 죽음을 뜻했다. 죽은 이를 일으킬 재간이 없는 나는 몇 가지 단서들을 얻은 것으로 만족해야 했다.

*　　　*　　　*

　종의 기원은 찰스 다윈의 유명한 저서로, 존 크레이의 시신을 그의 가족사진과 함께 삼매진화로 증발시킨 뒤에 다시 찾은 그의 사무실 책장에서 발견했다.

　한참을 고민해 암호를 해독하는 데 성공했다. 예를 들어 2171703, 이 일곱 자리 숫자는 217페이지 17줄 세 번째 단어의 첫 알파벳을 나타내는 것이었다. 해독법은 단순하지만 열쇠, 그러니까 해독에 필요한 책이 무엇인지 모른다면 결코 해독할 수 없는 방식이었다.

　난 해독을 마쳤다.

　그러나 내용은 별것 없었다.

　빅핏의 의문스러운 죽음을 조사하라는 것뿐이었고, 타 버린 반쪽 부분도 전체 맥락상 중요한 내용은 없었던 것으로 추정된다. 의뢰 내용만 간략하게 나와 있었다. 그 집단이 무엇을 알고 있는지는 서류를 통해서는 알 수 없었다.

　이에 두 가지 가정을 할 수 있다.

　첫 번째는 빅핏과 관계가 있는 자가 존 크레이에게 의뢰를 맡겼는데 우연히도 존 크레이가 내가 끼어 있다는 심증을 가지고 있는 상태였다는 것이다. 두 번째는 일전에 김청수가 존 크레이에게 의뢰를 맡겼던 부분을 빅핏 일당이 알고 있어서 존 크레이에게 이번 의뢰를 맡겼다는 것이다.

어느 쪽이든 빅핏의 죽음으로 건즈보다 더 큰 세력이 나에게 관심을 보인다는 것만큼은 분명했다. 어쩌면 미 정부일 수도 있고 건즈보다 상위의 범죄 집단일 수도 있지만, 내가 가진 단서로는 그 집단을 추측하는 데 무리가 있었다.

여기서 일이 더 커져서는 안 된다는 느낌을 받았다. 물론 그 정체불명의 집단이 두려운 것은 아니지만, 그들에게 한 걸음 다가선다면 사랑하는 내 사람들에게 직접적인 피해가 갈 수밖에 없기 때문이다.

그들이 내게 직접적으로 접근하지 않고, 나 또한 접근 방식을 모르는 것은……

어쩌면 다행일지도 모른다.

"여기까지다."

존 크레이의 사무실에서 나왔다.

제 4 장

공항

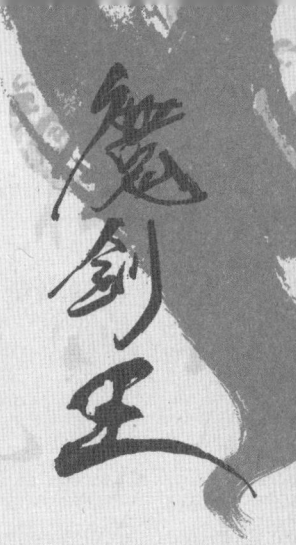

 존 크레이는 그가 가진 심증을 그의 의뢰 집단에 보고하지 않았던 것 같다.

 열흘이 넘도록 나를 감시하기 위해 찾아오는 이가 한 명도 없었고, 한국에 있는 우리 가족과 바다에게도 아무런 일이 없었다. 그렇게 나는 여전히 떠들썩한 미 언론과는 달리, 평온한 일상으로 돌아올 수 있었다.

 집 청소를 하고 부서진 전기판을 고치고 새로 가구를 들여 집을 원상 복구했다. 팀은 일성에서 출시한 최신 대형 텔레비전을, 알렉스는 고가의 음향기기를 보내왔다. 전부 낡은 거실에 어울리지 않는 최신 기기였다.

이번 사건으로 악인(惡人)을 대하는 내 마음가짐을 확인할 수 있었다. 그리고 바뀐 것이 있으니 바로 나를 대하는 팀과 알렉스의 태도였다.

"검."

"에?"

내가 부르자 팀이 움찔하며 급히 내게 달려왔다.

"부르셨나요, 사부님."

"벌써 몇 시간째야, 보일러는 기사를 부르면 된다니까."

"오늘은 출장하기 어렵다잖아요. 지금 끝내야 오늘 밤에 사부님이 따뜻이 주무실 수 있죠. 하핫."

팀이 기름 묻은 손으로 인중 부분을 비비적거리며 말했다. 이미 기름으로 더럽혀진 얼굴이 더 더러워진다.

달그락달그락.

뒷 베란다 쪽에선 알렉스가 보일러를 건드는 소리가 들려왔다.

"그럼 계속해."

내가 말했다.

"예."

월드 스타가 허름한 할렘 맨션에서 얼굴에 기름을 묻히며 보일러를 고치게 될 줄이야.

그들은 상상이나 했을까.

152

이전 같으면 호텔로 옮기자고 우겼을 팀이었지만 군소리 없이 뒤 베란다로 향했다. 둘이 보일러를 고치는 사이 나는 영아에게 국제 전화를 걸었다.

"나 자고 있어."

영아가 귀찮다는 듯이 말했다. 지난 열흘간 하루도 빠짐없이 전화를 하고 있으니 그럴 만도 했다.

"벌써?"

"시험 기간이라고 했잖아. 잠깐 눈 붙이고 나서 시험 공부 계속해야 해. 이만 끊자. 그런데 그간 연락도 없더니만 무슨 바람이 분 거야? 오빠 외로워? 나 그만 괴롭히고 언니에게 걸면 되잖아. 알았지? 나 그럼 잘게, 소리."

뚝.

영아가 내 대답도 듣지 않고 전화를 끊었다. 나는 민망한 미소와 함께 핸드폰을 탁자 위에 올려놓았다. 부모님과 바다의 목소리도 다시 듣고 안전을 확인해 보고 싶지만, 한국 시각으로 낮일 때 걸기로 마음먹었다.

막 소파에서 몸을 일으키는데 반가운 소리가 들렸다. 핸드폰 수신 음악으로 설정해 둔 바다, 정확히는 4C의 신곡이었다.

"여보세요."

"진욱 씨! 납니다. 레드웨이 엔터테인먼트……."

들뜬 목소리가 끝에 가서 흐려졌다.

"아, 최 사장님. 그간 안녕하셨습니까."

"진작에 진욱 씨에게 감사의 전화를 드렸어야 했는데 경황이 없어서 미안하게 됐습니다."

"무슨 감사는요."

"아닙니다. 진심으로 감사합니다. 진욱 씨 덕분에 우리 아이들이 팀 모리슨의 영화에 참여하게 되지 않았습니까. 진욱 씨도 아시고 계실지 모르겠는데 그 일로 이쪽 시장이 아주 발칵 뒤집혔습니다."

한국 가수, 그것도 아이돌 그룹이 할리우드 유명 영화에 참여하는 일은 대중가요 역사상 전례가 없는 일이었다.

"운이 좋았습니다."

"아니요, 다시 진심으로 감사합니다. 모두가 우리 아이들을 지켜보고 있습니다. 다름이 아니라 그 일로 전화를 드렸습니다. 통화 가능하십니까?"

"예."

"실은…… TA제작사와 연락이 닿지 않아서 무슨 일이 있는지, 진욱 씨가 알고 있나 하고 전화를 드렸습니다."

TA제작사는 팀과 알렉스가 공동출자한 회사다.

"아직 계약서를 쓰지 않았지요?"

"그렇습니다."

그것 때문인지 최 사장이 걱정스러운 목소리로 대답했다. 행여 프로젝트가 무산되는 것은 아닌지 우려하는 것이다.

"잘 되었군요. 지금 팀과 같이 있습니다."

"아! 지금요?"

당황하는 기색이 역력했으나 목소리가 훨씬 밝아졌다.

"예, 팀에게 레드웨이의 법무팀에서 연락이 왔었다고 지금 전해 주겠습니다."

"고맙습니다. 그런데 진욱 씨는…… 팀 모리슨과 어떤 관계죠?"

"여기서 사귄 친구입니다. 그리고 공식적으로는 아니지만, 저도 그 영화에 어느 정도 참여하고 있습니다. 자세한 얘기는 다음에 뵙고 직접 말씀드리겠습니다."

"아무쪼록 감사합니다. 진욱 씨 덕분에 귀중한 기회를 잡게 되었습니다. 다음에 한국에 오시면 크게 대접하겠습니다."

"네, 그때 뵙겠습니다."

그렇게 통화를 끝마친 나는 팀과 알렉스를 불렀다. 둘은 고물 보일러를 통째로 갈아야 한다고 툴툴거리면서 거실로 나왔다. 우선은 보일러는 그만 신경 쓰고 샤워를 권했다. 고치고 말겠다는 팀이었으나 내가 거듭 권하자 어쩔 수 없다는 듯이 욕실로 향했다. 남겨진 알렉스에게 시선을 옮겼다.

"검."

"예, 스승님."

"영화는 어떻게 되고 있지? 계속 우리 집에서 거주해도 되는 건가? 바쁠 텐데."

갱단과의 사건이 있던 날 이후로 둘은 교대로 혹은 같이 우리 집에서 머물렀다.

둘이 내세우는 주장은 내 안전을 제자들이 지켜야 한다는 것이었는데, 실상은 내게 직접 무예를 사사받고 싶어 한다는 것을 눈치챌 수 있었다. 내가 가진 힘을 간접적으로나마 겪어 봤기 때문에 나를 두려워하면서도 그 힘에 대한 동경이 커진 것이다.

나는 둘을 물리치지는 않았다.

그간 바빠서 만나지 못했는데, 지난 열흘간은 부족한 부분들을 보충해 주기에 충분한 시간이었다.

"영화는 대본 수정이 끝났습니다. 다음 주부터 제작 단계에 들어가게 될 것 같습니다."

"기대가 크겠어."

"예, 지금껏 누구도 상상하지 못했던 영화가 나오게 될 것입니다. 다름이 아니라 그 일로 스승님께 여쭙고 싶은 것이 있습니다. 진정 저희가 스승님께서 사사해 주신 무예를 바탕으로 촬영해도 되겠습니까?"

팀과 알렉스의 수준은 범인의 수준을 넘어섰다. UFC 같은 격투기 대회에 나가면 챔피언은 떼 놓은 당상이겠지만, 영화만으로 둘의 수준을 알아차릴 사람은 없을 것이다.

둘의 진정한 실력은 야수와 같은 민첩성, 강철과 같은 단단한 육체, 그리고 공격에 담긴 파괴력에 있다.

그러나 영화 안에서 그러한 것들을 담기에는 한계가 있다. 두 사람이 현란하고 저돌적으로 싸우게 된다고 할지라도, 아무것도 모르는 사람들은 짜인 각본이라 생각하고선 둘의 연습량과 몸을 사리지 않는 대범함, 그리고 뛰어난 신체 능력에 기립 박수를 보내게 될 것이다.

"차를 주먹으로 때려 부수진 않을 거지?"

농담처럼 물었다.

"어떻게 아셨어요?"

욕실에서 팀의 목소리가 들렸다.

알렉스가 황급히 변명했다.

"그런 장면들은 기존 방식대로 처리할 예정입니다. 스승님께서 전수해 주신 무예는 팀과 제가 싸우게 될 때에만 사용하게 될 것 같습니다. 저는……."

알렉스가 말꼬리를 흐렸다. 내가 고개를 끄덕이자 그

는 자신 없어 하며 입을 열었다.

"이런 힘을 영화 제작에 이용하는 것이…… 아무래도 마음에 걸립니다."

"마음이 바뀌었군."

"이렇게 이용하는 것은 스승님에 대한 예가 아닙니다. 그리고 이 힘은 더 대단한 것을 이룰 수 있을 겁니다."

위험해.

하지만 기특해.

두 가지 기분이 들었다.

"검."

"예, 스승님."

알렉스가 고개를 들었다. 그의 갈색 눈동자에 힘이 담겨 있었다.

"너희가 가진 힘이 일반인의 수준을 뛰어넘는 것은 사실이나 그것이 전부다. 너희가 내가 전수해 준 힘을 가지고 할 수 있는 일에는 한계가 있다. 그 힘으로 무엇을 할 수 있을까? 대답해 봐라."

"악인을 처리할 수 있습니다. 스승님께서 하셨듯이."

"편의점 강도, 약에 취한 겁 없는 십 대를 상대하는 것이라면 매우 훌륭하지. 그러나 그 이상의 집단을 상대하기엔 부족한 힘이다."

"예, 알고 있습니다. 하지만 저희가 수련에 전념한다면 언젠가는 스승님과 같은 힘을 가지게 되지 않겠습니까."

"노력에 따라 어느 정도의 성취를 더 이룰 수 있겠지만, 한계가 있다. 나처럼은 될 수 없다. 내가 도와준다고 해도 백 년은 넘게 걸릴 일이지."

"무슨 말씀이신지."

알렉스의 눈동자에 이채가 떠올랐다. 나는 가볍게 웃어넘겼다.

"내가 하고 싶은 말은…… 너희가 진정한 힘을 발휘할 수 있는 장소는 더러운 뒷골목이 아니라 스크린 안에서라는 것이다. 내가 전수해 준 무예를 사용해서 누구나 반할 영화를 만들어라. 그 영화로 하여금 전 세계인의 인기를 독차지하게 된다면. 그때는 두 사람의 말 한마디가 내가 가진 힘을 능가할 것이니까. 생각해 봐. 너희 둘은 이런 이유 때문에 배우가 된 것이잖아?"

내가 말을 하면서도 나 역시 깨달은 바가 있었다.

힘, 그리고 대중의 사랑…….

"너희가 가진 진정한 힘은 대중의 사랑이지. 그걸 잊으면 안 돼."

알렉스는 잠깐 고민하다가 고개를 끄덕였다.

"그럼 허락하시는 것입니까?"

"애초에 그게 우리의 거래였다."

"거래가 아니라 은혜라고 생각합니다. 언제나 그 점을 잊지 않겠습니다."

앞으로도 관심을 계속 두고 둘을 지켜봐야겠다고 생각했다.

팀이 샤워실에서 머리를 털며 나오고 알렉스는 샤워실로 들어갔다.

"사부님께서 이해하세요. 알렉스는 생각이 많은 친구입니다. 고생을 많이 한 친구라."

팀이 빈자리에 앉았다.

"멕시코의 빈민가에서 살았댔지?"

"예, 힘한 동네죠. 그쪽 얘기는 제게도 잘 안 해서 모르겠지만, 그 동네에서 산다는 게 어떤 건지는 사부님께서도 알고 계시죠."

팀은 조용히 말했다.

"그건 그렇고 다음 주부터 영화 제작에 들어간다고?"

"예, 모든 준비가 끝났습니다. 이전부터 제 손으로 꼭 영화를 제작해 보고 싶었는데 이번 작품으로 화려하게 데뷔할 겁니다. 분명히 죽여줄 거예요. 말씀 안 드렸죠? 제목은 사투(Desperate struggle). 저와 팀은 정부에서 키운 암살 비밀 요원인데, 모종의 사건으로 서로 반목하여 죽고 죽이는 싸움을 하게 될 겁니다. 액션으로 시작해서 액션으로 끝나죠."

팀이 푸른 눈을 반짝이며 말했다.

"전 재산을 투입했다니 망하면 거리에 나앉겠군."

나는 빙그레 웃었다.

"투자자들과 함께 센트럴 파크에서 박스를 껴안고 있겠죠. 하지만 그런 일은 절대 없을 겁니다."

팀이 큰 자신감을 드러내며 주먹을 움켜 보였다.

"OST 작업은 언제 시작하지?"

"그건 다음 달부터 진행될 거라고 들었습니다. 관련 부서에 일임했거든요."

"그런데 한국의 기획사는 그쪽 부서와 연락이 잘 닿지 않는 모양이야."

"아⋯⋯ 그래요?"

순간 팀의 미간이 잔뜩 찌푸려졌다. 눈치가 빠른 그는 내게 잠시 기다려 달라는 말을 하고선 OST 관련 부서로 전화를 걸었다. 그는 전화기에 대고 몇 분가량 언성을 높이더니 해고(fire)라는 단어를 몇 번이나 입에 담았다.

OST 부서에서는 한국의 4C라는 그룹을 가볍게 여기고 있었던 모양이다.

아시아에서 유명한 가수도 아니거니와 설사 유명하다고 해도 어디까지나 영향력 없는 아시아인이라는 인식이 강했다. 그들은 팀이 한국의 어린 가수들 때문에 그렇게 화를 내리라고는 생각하지 못했는지 당황하는 것 같았다.

"OST 작업에 참여시킨다고 해도 피해는 오지 않을 거야. 실력이 좋은 그룹이야. 무엇보다도 가장 큰 장점은 노력. 매우 열심히 할 거야. 그건 염려하지 않아도 돼."

사실 OST 참여를 요구하긴 했지만 그렇다고 대단한 자리와 엄청난 영광을 바란 것은 아니었다. 오히려 갓 생긴 아이돌 그룹이 팀의 명성에 얹혀 가는 것도 없지 않았기 때문에 차분히 말했다.

"사부님."

팀이 양손을 저은 뒤 계속 말했다.

"마케팅 부서에서도 호의적인 반응입니다. 한국 시장에 영화를 홍보하는 데도 큰 도움이 될 겁니다. 한국 시장이 커져서 신경을 써야 하는데 사부님께서 도움을 주셨습니다. 그리고 이 정도 일은 사부님께서 베풀어 주신 것에 비한다면 아무것도 아닙니다. 조금이나마 제 진심을 알아주세요, 사부님."

　　　*　　　*　　　*

오늘도 폭스 뉴스에서는 이라크에서 폭탄 테러로 사망한 전사자들의 가족을 스튜디오로 불러냈다. 전사자 부모는 평소 아들이 미국에 대한 애국심이 강했고 행실이 올바르고 착했다고 말하면서 눈물을 흘렸고, 관객들은 박수를 치고 있었다.

미국에 오기 전까진 CNN이 최고의 전문 뉴스 채널인 줄 알았다. 그러나 그것은 미국을 잘 모르는 외국인 시청자의 일반적인 입장에 불과했다.

최근 성조기, 애국가, 참전 용사, 전사자 가족, 감동의 이미지로 대변할 수 있는 폭스 뉴스는 시청률이나 인지도 면에서 CNN을 추월했다.

9.11테러 이전에는 미 정부의 입맛에 맞지 않더라도 리버럴 성향이 강한 CNN을 지지했었지만, 9.11테러 이후 시민들의 성향이 보수 쪽으로 치우치자 CNN을 뒤로하고 폭스 뉴스를 간접적으로나마 지지하고 나서기 시작했다.

미 정부는 눈치가 빠르다. 시민이 원하는 방향을 파악하고 거기에 손을 들어 주면서, 종국에 자신들이 원하는 방향으로 이끌어 나갔다. 언제나 그렇지만 최근 미 정부가 가장 관심을 기울이는 것은 국가의 안보이다.

아니나 다를까.

이라크 미 주둔 기지에서 폭스 뉴스 기자가 격앙된

목소리로 '유출되는 기밀문서 때문에 이곳에 있는 우리 아들과 딸들이 살해를 당한다.'라고 역설했다. 그 이면에는 최근 미국 기밀문서들이 '시민들의 알 권리'라는 이유로 누출되기 시작한 것에 대한 미 정부의 우려가 섞여 있었다. 그래서 불과 얼마 전까지만 해도 위키리크스(Wikileaks)를 옹호하던 사람들이 위키리크스를 없애야 한다고 백악관 앞에서 시위하는 일도 있었다.

"제 아들에게 사랑한다고 말해 주고 싶어요. 그리고 자랑스럽다고요……."

흑인 여성이 울며 말하는 장면에서 나는 텔레비전을 끄고 자리에서 일어났다.

케네디 공항으로 바다를 마중 나가기 위해서였다. 오랜만에 바다를 볼 수 있다는 생각에 가슴이 설레었다. 얼마 전에 산 항공 점퍼를 입고 거울 속의 내 모습을 몇 번이고 확인했다. 외모에 신경 쓰긴 정말 오랜만이었다.

눈이 내리고 있었다. 금년도에는 눈이 자주 내렸다. 평소였으면 눈 때문에 슬금슬금 기어가는 자동차 행렬을 향해 혀를 찼겠지만, 오늘은 하늘부터가 바다의 방문을 축하하고 있다는 기분이 들었다. 도로가 막혔으나 일찍 출발한 덕분에 한 시간 먼저 공항에 도착할 수 있었다. 전광판이 잘 보이는 곳에 자리를 잡았다.

꽃이라도 사올걸.

한국에서 출발한 여객기가 도착할 시간이 다 돼서야 그런 후회가 들었다.

하지만 그 후회가 들었을 때 꽃을 사왔어야 했다. 여객기가 도착했음에도 불구하고 30분이 넘도록 바다가 나오지 않았다. 그제야 입국 심사가 까다롭고 느릿하게 진행되었던 기억이 떠올랐다. 열 손가락 지문을 다 찍는 등, 마치 예비 범죄자 취급을 받았던 불쾌한 기억이 떠올랐다.

나는 수화물 찾는 곳 쪽으로 자리를 옮겼다. 입국 수속을 마친 사람들을 확인하기에 좋은 위치였다.

바다는 눈에 띄는 아이였다. 패션 아이템으로 무장한 사람들 사이에서도 빛이 났다. 가끔 화상 채팅이나 인터넷 기사를 통해 보기는 했지만, 실제로 보게 되자 긴 생머리가 유난히 빛나 보였다. 바다는 나와 눈이 마주치자 아이처럼 손을 흔들어 댔다.

그 옆에는 바다의 동료들과 최 사장도 함께 있었다.

"오빠!"

바다는 그대로 달려와 내게 안길 기세였다. 나도 바다를 안기 위해 마주 걸어가자 정작 바다가 코앞에서 이렇게 말했다.

"참아, 여기 한국 사람 많거든."

그러고 보니 바다와 바다의 동료들을 힐끗힐끗 쳐다보며 수군거리는 사람들이 여럿 있었다. 대부분이 같은 여객기에서 내린 한국인들이었다.

"잘 왔어."

"크리스마스는 몰라도 새해 첫날은 함께 보내고 싶었는데. 미안하게 됐어요."

"나야말로, 올해는 같이 보내면 되지."

우리는 서로에게 따뜻한 미소를 지어 보였다.

"안녕하십니까? 진욱 씨."

못 본 사이 최 사장은 얼굴에 살이 많이 붙어 있었다. 최 사장이 악수를 청할 때, 양옆에서 바다의 동료들이 내게 웃으면서 인사했다. 다들 표정이 좋았다.

"먼 길 오시느라 수고가 많으셨습니다, 최 사장님."

"수고는요 무슨. 이런 일이라면 지구 몇 바퀴라도 돌 수 있죠. 좋은 기회를 주셔서 감사하다는 말, 꼭 만나서 드리고 싶었습니다."

최 사장은 어린 내게도 깍듯이 예의를 차렸다. 그 옆의 바다는 흡족한 표정이었다.

"자세한 이야기는 가면서 나누기로 하죠."

그렇게 말한 뒤에 일행들이 수화물을 찾는 것을 도와줬다. 공항에서 나오자 택시 기사들이 접근했다. 그중 인상이 선량하고 과하게 값을 부르지 않은 히스패닉계 기사와 그의 동료 기사의 택시에 나눠 타고 맨해튼으로 향했다.

바다는 나와 같은 택시에 타려던 최 사장을 의도적으로 다른 택시로 떠밀고선, 그 자리에 단발머리를 한 동료를 앉혔다.

"미안하다, 지지배야. 눈치 보이지만 그렇다고 저쪽 택시엔 자리가 없잖니."

단발머리가 웃으며 바다에게 말했다.

"오빠, 여기 눈 많이 내린다. 한국은 요즘 통 눈이 안 내리는데 말이야."

바다가 단발머리의 말을 들은 체 만 체하고 내게 몸을 기울였다. 단발머리는 훗 하고 코웃음 치고 창가로 시선을 옮겼다. 나는 어깨에 기댄 바다의 머리칼을 만졌다. 그러자 바다가 나를 향해 고개를 들었다. 눈이 마주친 우리는 동시에 말했다.

"보고 싶었어."

우리는 맨더린 오리엔탈 호텔에 도착했다. 맨더린 오리엔탈 호텔은 타임 워너 센터 내부에 위치한 곳으로, 내게는 그리 유쾌한 기억으로 다가오지 않는 곳이다. 존 크레이와의 좋지 않은 인연을 상기시켜 주기 때문이다. 하지만 바다와 단발머리는 거대한 타임 워너 센터를 보고 두 눈을 반짝였다.

먼저 출발했던 최 사장 일행은 이미 도착해서 우리를 기다리고 있었다.

최 사장 일행은 미리 예약해 둔 방에 짐을 풀었다. 바다와 바다의 동료들이 샤워를 하고 정돈을 하는 동안, 최 사장과 나는 호텔 내부에 있는 와인 바로 자리를 옮겼다.

"다시 한 번 감사드립니다, 진욱 씨. 덕에 대단한 기회를 얻게 되었는데 사례를 어떻게 해 드려야 할지 모르겠군요."

"아닙니다. 바다가 기뻐하는 모습을 보고 싶었던 것뿐이지, 다른 마음은 없습니다. 바다는 한국에서 어떻습니까?"

"좋습니다. 매우 순조롭습니다. 준비 기간이 길었지만 그만큼 역량들을 발휘하니까요."

최 사장은 담배 한 개비를 꺼내 물었다. 그가 눈으로 펴도 되겠습니까라고 물었고 나는 개의치 않는다는 뜻으로 어깨를 으쓱해 보였다.

사실 어린 사람에게 예의를 갖춰 대하는 그 모습이 낯설게 느껴졌다. 그러나 그의 행동, 말투, 표정 하나하나에서 그가 진심으로 이번 기회를 준 내게 매우 고마워하고 있다는 게 느껴졌다. 그렇지 않아도 최근에 그가 회사 일에 전념을 다하고 있다는 것은 내 다른 신분인 정재원의 이메일로 보내오는 분기별 사업 보고서를 통해 잘 알고 있었다.

CEO가 가진 능력은 회사 실적으로 나타난다.

레드웨이 엔터테인먼트는 분기마다 눈에 띄는 성장을 하고 있었다.

전년도 4/4분기에 드디어 영업 매출 100억을 돌파했다. 그 전년도에 비하면 분기 매출이 두 배가량 뛰었으며 영업 순이익률도 3%대에서 5%대로 늘어났다. 이에 영업 이익 10억에서 5억은 정재원 명의로 보내고, 나머지 5억은 회사에 재투자되어 단순히 성장만 아니라 안정성도 늘려 가고 있었다. 당연한 결과겠지만, 주가도 강력한 상승 중에 있었다.

그래서 그가 지금처럼만 한다면 레드웨이 엔터테인먼트의 지분을 그에게 어느 정도 양도할 마음도 생겼다.

"그런데 레드웨이의 실제적인 소유주는 다른 분이라고 들었습니다."

"우리 회사에 관심이 있으신 것 같군요. 음…… 바다가 계약된 곳이니 당연한 관심이겠죠. 사실 저도 진욱 씨에 대해 아는 게 조금 있습니다만."

최 사장은 내게서 텔레비전으로 시선을 옮겼다. 그

텔레비전에는 일성 전자의 로고가 박혀 있었다.

"몇 년 전에 일성그룹 회장을 구한 한국 유학생은 정말 유명했지요. 진욱 씨는 인복이 많은 것 같습니다. 미국에 와서는 팀 모리슨이라는 배우와도 인연을 쌓고. 그런 진욱 씨의 인연이 바다에게 큰 복이죠. 진욱 씨의 말대로 우리 회사의 소유주는 제가 아닙니다. 회장님이 계십니다. 저는 월급쟁이에 불과하죠."

"소유주는 다른 분이지만 경영은 사장님이 하고 계시지 않습니까? 제가 걱정하는 것은 하나입니다. 여러 안 좋은 사건들처럼, 바다가 연예 활동을 하면서 불행해지지 않을까."

"바다를 정말 좋아하는군요."

"제가 가장 힘들 때 옆에서 힘이 되어 줬던 아이입니다. 바다가 행복해질 수 있는 일이라면, 저는 할 수 있는 한 전력을 다해 도울 겁니다."

"우리 회사는 다른 엔터테인먼트 회사와는 다릅니다. 나는 죽다가 살아난 사람입니다. 제 개인적인 일이라 진욱 씨에게는 자세히 말할 수는 없지만…… 이것만은 분명히 말하죠. 적어도 우리 회사의 방침 때문에 바다가 불행해지는 일은 없을 겁니다. 이전의 저였다면 아이들을 상품으로만 봤을 겁니다. 하지만 이제는 다릅니다. 어떻게 살아야 행복할지에 대한 생각을 자주 합니다. 저는 그 방법을 우리 아이들에게서 찾았습니다. 아이들이 불행해지는 것은 저도 원치 않습니다. 그런 점에서 진욱 씨와 저는 좋은 관계가 될 수 있을 것 같은데, 안 그렇습니까?"

최 사장이 사람 좋은 미소를 지었다.

"최 사장님을 믿습니다. 하지만 레드웨이의 회장님은 어떤 분이시죠?"

회사를 대하는 최 사장의 마음을 의심하는 건 아니지만, 이번 기회에 확실히 할 필요가 있었다.

"음……."

내 생각대로 최 사장의 얼굴에 그늘이 드리웠다. 감미로운 재즈 음악이 풍기는 가운데 최 사장의 담배 연기가 뿌옇게 주위로 퍼져 나갔다.

"진욱 씨는 요즘 젊은이들하고는 많이 다른 것 같습니다. 그런 진욱 씨를 믿고 하나 물어봐도 될까요?"

"네."

"뒷조사라고는 생각하지 않았으면 좋겠습니다. 어쩌면 전 바다를 보호하고 있는 사람이기도 하니…… 당신이 바다와 가볍게 만나는 사이는 아니기에 어떤 남자인지는 알아봐야 했습니다. 진욱 씨와 일성그룹과의 관계가 매우 깊은 것으로 알고 있습니다. 신용운 회장이 진욱 씨를 가족 이상으로 생각하는 것 같은데……."

"사장님께서는 왜 그렇게 생각하시죠?"

"그야 당연히…… 진욱 씨는 신용운 회장의 생명의 은인이지 않습니까."

어쨌든 내 뒤를 조금만 자세히 캐 보면 나를 위해 일성그룹이 당시에 새대한일보를 공격했다는 사실은 금방 알 수 있었을 것이다. 그러나 최 사장은 예의를 지키기 위해서인지, 아니면 거기까지는 알아내지 못했는지 영아에게 있었던 일에 대해선 언급하지 않았다. 그로서는 현명한 언행이었다. 만약 언급했다면 나는 최 사장이라는 사람에 대해서 크게 실망을 하고 주식 양도 같은 격려를 완전히 머릿속에서 지워 버렸을 것이다.

나는 고개를 끄덕였다.

"진욱 씨는 바다가 행복해지는 일이라면 돕겠다고 했죠?"

"그렇습니다."

"만약 회사 주(主)가 레드웨이를 다른 회사에 매각한다면 어떻게 하시겠습니까?"

최 사장이 진지한 눈으로 나를 쳐다봤다. 내 예상대로 그는 평소에 그런 걱정을 계속해 왔던 모양이다.

"진욱 씨를 믿고 물어보는 겁니다."

"그건 생각해 보지 않았습니다. 최 사장님께는 안타까운 일이지만 그 때문에 바다가 더 행복해질 수 있다면 저는 괜찮습니다. 그렇지 않겠습니까?"

"그렇죠. 하지만 다른 엔터테인먼트는 소속 연예인에 대한 착취가 심합니다. 쉴 틈을 주지 않죠. 인기도에 행복을 느끼는 게 연예인이라지만, 우리 아이들은 다른 곳에서는 견디기 힘들 겁니다."

"저는 바다가 그렇게 약하다고 생각하지 않습니다. 바다는 강합니다."

"인정합니다. 다만, 제가 말하고 싶은 것은…… 우리 회사만큼 아이들을 생각해 주는 곳은 없을 거라는 겁니다. 제가 말했죠? 저는 죽다가 살아났다고 말입니다. 저는 말입니다. 무슨 일이 있어도 우리 아이들을 지켜주고 싶습니다. 제가 겪었던 아픔을 그 아이들이 겪는 꼴은 못 봅니다. 이제 인기를 얻고 있습니다. 진욱 씨의 배려로 이번 일이 잘 성사된다면 정말 생각 이상으로 대단해질 겁니다. 하지만 인기가 느는 만큼 겪어야 할 경쟁과 스트레스도 그 못지않다는 겁니다. 저는 그때를 대비하고 있습니다. 아이들이 행사장에만 팔려 다니는 것을 원치 않습니다. 회사의 수익을 위해선 그러는 것이 당연시되는 업계지만, 그 탓에 얼굴은 웃으면서도 우울증에 시달리는 이들을 한두 번 본 것이 아닙니다. 나는 아이들이 그런 전철을 밟길 원치 않아요. 그래서 대비를 하고 있지만, 과연 잘될지 모르겠습니다."

"……."

"우리는 잘하려고 해도 주변에서 아이들을 가만히 두지 않을 겁니다. 이번 일이 잘 성사되면…… 그들 눈에는 아이들이 대단한 상품으로 보일 겁니다. 아이들을 차지하려는 암투가 대단할 겁니다. 뻔하죠……."

최 사장은 과거의 기억이 떠올랐는지 씁쓸한 얼굴로 담배만 연거푸 피워댔다.

"이해합니다."

"진욱 씨도 알지만 저는 월급쟁이입니다. 제 권한은 어디까지나 한정되어 있습니다. 그런 암투에서 저는 우리 아이들을 지켜낼 권한이 없다는 것을 진욱 씨에게 알려 주고 싶습니다. 우리 회사의 회장님이 어떤 분이시냐고 물었죠? 솔직하게 말해서 저도 모르겠습니다."

"제대로 값을 받기에는 막 성장하기 시작한 회사만큼 좋은 것도 없죠."

"맞습니다. 내가 말하고 싶은 게 그겁니다."

최 사장은 마친 동년배의 오랜 친구를 대하듯 내게 깊은 눈빛을 보내기 시작했다.

"더 이야기를 하기 위해선 아무래도 회장님과 내가 어떻게 만나게 되었는지 진욱 씨에게 알려 줘야겠군요."

그러면서 최 사장은 당시의 이야기를 펼쳐 놓았다.

어떻게 해서 레드웨이를 다른 세력에게 뺏길 처지에 놓였었는지, 그 때문에 몇 번이나 자살을 시도했는지 말이다.

"그렇게 회사를 뺏기기 일보 직전에 한 남자가 나타났습니다."

"그분이 회장님이시군요."

"그렇습니다. 회장님은 여의도의 주식 시장에 있던 모든 지분을 양도받아 레드웨이의 회사주가 되었습니다. 그리고는 내게 회사를 일임하셨죠. 폭력 조직과는 연관되어 있다고는 생각되지 않을 만큼 인상이 좋은 분이었습니다. 기업 마인드도 훌륭하신 분이었죠."

"그런데 레드웨이 현 회장님도 폭력 조직과 연관이 되어 있었습니까?"

최 사장은 내 다른 신분인 정재원에 대해서도 뒷조사를 해 본 모양이다. 하긴 회사의 소유주가 누구인지 모르는 채 회사를 경영한다는 것은 쉽지 않은 일일 것이다. 그런데 폭력 조직과 연관이 되어 있다니.

"그래서 진욱 씨에게 이런 이야기를 하게 된 겁니다. 회장님은 경영 마인드가 뛰어나신 분이지만 폭력 조직과 연관되신 분이신 것은 확실합니다. 그것도 국내 최대의 폭력 조직인 대양과 깊게 연관이 되어 있습니다."

대양이라. 나는 까마득히 오래된 이야기를 듣는 것

같았다. 대양의 김 회장은 어떻게 지내고 있을까? 지금도 내가 언제 나타날지 항상 긴장하고 있을까?

"사장님께서 무슨 말씀을 하시고 싶으신지 잘 알겠습니다."

만약 정재원이 회사를 매각하려 하거나 폭력배를 앞세워 부당한 일을 하려고 할 때, 일성그룹의 힘으로 이를 막아 달라는 부탁을 하고 있는 것이다. 국내 최대의 폭력 조직인 대양이라고 하더라도 일성그룹에 비하면 조족지혈에 불과하니 말이다.

"그때…… 부탁드려도 되겠습니까. 결코, 제가 이 자리를 탐내서가 아닙니다."

"그분께서 지금까지 경영에 간섭하지 않으신 것을 보면, 나쁜 마음은 없으신 것 같습니다."

"음, 저는 그 점이 걱정되는 것입니다. 자본주의 시장에서, 그분이 그분의 자산을 어떻게 활용하는지 제가 관여할 바가 아닌 것은 압니다. 하지만 그분께서 단순히 레드웨이를 투자처로만 보신다면, 지금이 회사를 매각할 적기이기 때문입니다. 진욱 씨도 알지 않습니까."

"돈이 있다면 사장님께서 지분을 매입하시는 게 좋으실 텐데요."

"하하……."

최 사장이 쓸쓸하게 웃었다.

"저는 말씀드렸다시피 바다를 위해서라면 어떠한 일도 마다하지 않을 겁니다. 만약 바다가 부당한 대우를 받을 위기에 처하면 저도 가만히는 있지 않겠다는 겁니다. 레드웨이의 회장님이 그러시든…… 그리고."

최 사장의 얼굴을 빤히 쳐다보았다. 최 사장은 잠깐 시선을 피했다가 대답했다.

"제가 걱정해야 할 사람은 우리 회장님이 아니라 진욱 씨군요. 혹 떼러 왔다가 더 큰 혹을 붙인 거 아닌지 모르겠습니다. 하하."

최 사장은 그렇게 말을 하면서도 한결 편안해진 얼굴이었다.

내가 레드웨이의 소유주라는 것을 그는 꿈에도 상상 못 할 것이다.

제 5장
그날 우리는

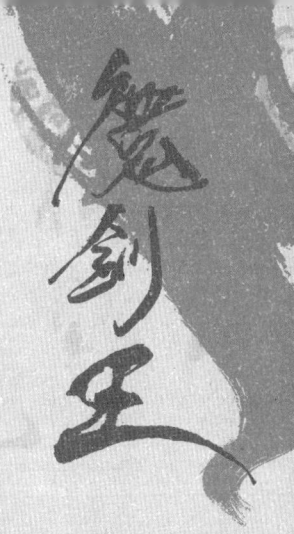

 타임 워너 센터에서 5분 정도 거리에 센트럴 파크가 있다. 센트럴 파크는 추운 날씨에도 불구하고 뉴욕 시민들과 관광객들로 여전히 활기에 찬 분위기였다. 나는 내가 입고 있던 항공 점퍼를 벗어 바다의 어깨에 걸쳐 주었다.
 "춥다니까."
 바다가 말했다. 그렇게 말하는 바다의 얼굴은 추위로 인해 벌써 벌게져 있었다.
 "괜찮아? 감기 걸리면 안 되지."
 바다는 한사코 거절했다. 그러나 내 고집도 만만치

않아서 자칫 잘못했으면 우리는 싸울 뻔했다.

"그래도 남자라고, 나중에 춥다고 떨기만 해 봐라."

"걱정하지 마. 내가 감기 걸리는 거 본 적 있어?"

"어? 그러네……."

바다는 그래도 안 되겠다면서 내 옆에 꼭 달라붙었다.

"오빠는 몸이 정말 따뜻하네."

"말했잖아, 나는 체질이 그래서 추위를 느끼지 않아."

"정말 신기하다. 그런데 여기가 센트럴 파크구나. 영화 '해리가 샐리를 만났을 때'에 나오는 곳이 바로 여기지? 가을에는 더 예쁘겠다. 그지? 가을에는 어땠어?"

바다가 더 강하게 팔짱을 끼며, 그 동그란 눈으로 나를 올려다보며 말했다.

우리는 그간 못다 한 대화를 나누며 눈이 내리는 센트럴 파크를 거닐었다. 다행히도 바다는 현재, 연예 활동에 만족하고 있었다. 미국으로 오기 일주일 전에 음악 프로그램에서 상위권에 랭크되었던 이야기를 하면서 바다는 많이 즐거워했다. 얘기를 듣다 보니 영아도 바다를 응원하러 방송국에 적지 않게 갔던 것을 알 수 있었다. 내가 없는 사이 영아와 바다는 더 친밀해져 있었다.

"오빠는 어때?"

"나야 똑같지. APL 이수도 끝나가고 이번 학기부터는 대학 강의를 들으려고."

"그러고 보니 오빠 영어 발음, 현지인처럼 좋던데? 오빠가 택시 기사하고 얘기할 때 놀랐다니까. 나는 내일 어떡하지. 마네킹처럼 웃고만 있어야 할 것 같아. 몇 달 전부터 공부 열심히 하고 있긴 한데, 꽝이거든."

"앞으로 전문 강사가 하나하나 가르쳐 줄 테니까 벌써부터 걱정하지 말자. 일정이 어떻게 돼?"

"일주일 정도 머물 거 같아. 흐흐. 좋아 죽겠지? 그런데 놀러 다닐 수 있는 날은 많지 않은 모양이야. 나 오빠하고 가야 할 곳 리스트 뽑아 놨거든? 시간 날 때 열심히 다니자. 물론 오빠는 내 뒤만 따라다니면 돼. 지갑은 내가 열 테니까."

"네가 돈이 어디 있다고."

"왜 이러셔. 벌 만큼 벌고 있다고. 나 능력 있는 여자야. 그러니까 오빠야말로 돈 같은 거 생각하지 말고 하고 싶은 거 열심히 해. 내가 얼마든지 먹여 살릴 수 있어. 좋아! 말 나온 김에 여긴 다음에 다시 오고 오빠 집부터 가자. 오늘은 내가 요리를 해 주겠어."

"우리 집?"

"김치는 있지?"
"있지."
"찌개 해 줄게."
"시간 괜찮겠어?"
"오늘은 프리야, 밤까지만 들어가면 돼."
바다가 빙그레 웃었다.

화상 채팅에서 내가 할렘가에서 지내는 것에 대해 매번 걱정하던 바다였기 때문에, 그래서 더 그녀의 눈으로 할렘을 보고 싶었던 것 같았다.

할렘에 도착한 바다는 주눅이 든 눈치였다.

주변에 흑인들밖에 없었고 그들은 동양계 연인을 힐끔 쳐다보면서 숙덕거리고 있었다. 골목 어귀에서 한 무리의 흑인 청년들과 흑인 여성들이 건들건들하게 서 있는 것을 본 바다의 표정은 더욱 어두워졌다.

"오빠."

바다가 내 옆에 바싹 달라붙으며 말했다. 내 팔을 붙잡은 바다의 손에 힘이 들어가는 게 느껴졌다.

"왜 계속 여기서 지내는 거야? 잘은 모르지만…… 여기가 위험한 곳이라는 거 알아."

그때 한 흑인 청년이 무리에서 빠져나와 우리 곁으로 다가오기 시작했다. 마치 빠른 비트의 갱스터 랩에 맞춰 힙합을 추는 것 같은 흑인 특유의 발걸음이었다.

"가자, 가자."

바다가 내 옷깃을 끌어당겼다. 빨리 자리를 피하자는 뜻이었는데 흑인 청년이 바다보다 더 빨랐다.

멀리서부터 줄곧 바다를 물끄러미 쳐다보며 걸어온 그 녀석이 우리 코앞까지 이르자, 바다가 완전히 겁을 먹은 표정으로 나를 올려다봤다. 무슨 생각에서인지, 바다가 입술을 질끈 깨물더니 갑자기 앞으로 나와 내 앞을 가로막았다. 그녀의 어깨가 아련하게 떨리고 있었다.

"정의 애인이야?"

그 녀석이 바다에게서 시선을 떼고 나를 쳐다보며 말했다.

"그래."

"잘됐네. 저녁부터 파티가 있는데 애인하고 같이 올래? 정의 애인이 친구들을 데리고 오면 더 좋고."

녀석이 친근한 어투로 내게 말을 건네자 바다가 황당한 표정으로 나를 쳐다봤다.

"미안, 내 애인하고 약속이 있어."

그러면서 나는 바다의 어깨를 내 쪽으로 끌어당겼다.

"같이 오면 재미있을 거야. 디버럭 하우스에서 랩하는 친구들이 오니까 마음 바뀌면 언제든지 와."

녀석은 바다에게 한쪽 눈을 찡긋하고는 그네들의 무리로 되돌아갔다.

당황하는 바다를 향해 짧게 웃었다. 바다가 갑자기 내 가슴을 주먹으로 쳤다. 힘이 꽤 실려 있었던지라 퍽 하고 꽤 큰 소리가 났다.

바다가 무시무시한 눈으로 나를 노려보며 말했다.

"놀랐잖아."

"설명하려고 했는데 바다가 갑자기 내 앞을 막아서는 바람에 못 한 거지."

"거짓말, 즐겼으면서."

"다들 아는 대로 치안이 안 좋은 동네이긴 하지만 봤지? 지금은 많은 이웃들이 내 친구야, 걱정 안 해도 돼. 나는 여기서 잘 지내고 있어."

바다는 콧바람을 흥 하고 내뿜으면서도 내 팔짱을 꼈다.

바다와 집으로 향하면서 팀과 알렉스가 우리 집에 머물렀을 때 동네 청년들이 우연히 그 사실을 알게 되었던 일, 동네 청년들이 자청해서 파파라치들이 접근하지 못하도록 힘을 썼던 일, 그 일을 계기로 청년들의 파티에 참석해서 친한 사이가 되었다는 일들을 이야기했다.

바다는 끝까지 다 듣고 나서야 많이 풀어진 얼굴로,

"혹시나 하고 말하는데 약 근처에는 절대 가면 안

돼."

라고 신신당부했다. 물론 나는 영화하고 다르다고 거짓말을 하여 바다를 안심시켰다.

"어? 좋네."

우리 집에 들어온 바다는 매우 의외라는 듯이 말했다. 바로 얼마 전에 새로 도배하고 최신식 텔레비전과 음향 기기들을 들여 놓았기 때문이다.

"밖에서 봤던 것하고는 다르다."

바다는 정말 다행이야라는 얼굴로 말했다.

"신발은? 신고 들어가야 돼?"

"아니, 똑같이 벗고 들어가면 돼."

"어?"

바다가 신발을 재빨리 벗고는 거실로 뛰어 들어갔다.

바다는 텔레비전 옆에 놓인 액자를 들어 그것을 내게 가리켜 보였다.

"이게 뭐야!"

바다가 와하핫 하고 웃음을 터트렸다. 액자 안에서 나는 양옆에 팀과 알렉스 두고, 미소 짓는 두 사람과는 달리 무표정으로 정면을 보고 있었다. 그것은 팀의 강력한 주장에 의해서 만들어진 의도치 않은 결과물이었다.

바다는 그 액자를 내려놓고 다른 하나를 집어 들었

다.

"몸 좋다!"

바다가 내게 혀를 빼꼼히 내밀었다.

이번 사진은 전과 비교해서 서 있는 순서는 동일했지만, 팀과 알렉스가 상의를 탈의한 채 카메라를 등지고 서 있었다. 바다는 팀과 알렉스의 목 뒤에 동일한 문신이 새겨져 있는 것을 발견하고 둘이 매우 친밀한 관계라고 단정 지었다.

바다는 방 곳곳을 기웃거렸다. 이곳은 뭐가 부족하네, 이곳은 생각보다 괜찮네 하는 평을 하던 바다는 베란다에서 한참을 나올 줄 몰랐다. 바다는 건너편의 컬럼비아 대학의 전경을 바라보고 있었다. 내가 다가가자 바다가 등을 돌리며 말했다.

"오빠가 말했던 대로 학교가 한눈에 들어온다. 나도 오빠하고 같이 대학에 다니면 좋을 텐데. 다음에는 저 길 가 보자. 오빠가 어떤 곳에 다니고 있는지 가 보고 싶어."

"그래."

"그래도 다행인 거 알아? 나는 오빠가 많이 외로워하고 있을 것 같았거든. 그런데 친구들도 잘 사귀고 있고 말이야. 또 옛날처럼 음침해 있을까 봐 얼마나 걱정했었는지 모르지?"

"옛날?"

"뭐야, 오빠 사법고시 준비할 때 생각 안 나? 금방이라도 나쁜 생각을 할 것처럼 매일매일 우울해했었잖아."

설아를 잃었던 그날을 말하는 것이다. 문득 가슴이 쓰라려 왔지만 나는 내색하지 않고 밝은 표정을 지었다. 생각해 보면 그때 바다가 나를 떠나지 않았던 것은 기적에 가까운 일이었다. 그래서 바다에게 언제나 고마운 마음이 든다.

"오빠, 이리 와서 봐 봐."

바다가 말했다.

"눈이 정말 많이 내린다. 예쁘지?"

바다가 밖으로 팔을 뻗어 떨어지는 함박눈을 손에 받았다. 그러면서 아이같이 천진난만하게 웃었다. 그동안 이 미소가 얼마나 보고 싶었는지 비로소 실감이 들었다. 나는 나도 모르게 바다를 등 뒤에서 껴안았다.

"짐승."

바다가 나를 올려다보며 말했다.

"오빠, 이러려고 나를 집으로 데리고 온 거지?"

바다의 눈에 장난기가 가득했다. 하지만 내가 '그건 너잖아'라고 장난을 받아 주지 않고 가만히 바라보고만 있자 바다의 눈이 흔들리기 시작했다. 바다는 동그란 눈을 깜빡였다. 그 눈에 입을 맞추고 싶다는 기분이 들었다. 나는 바다를 내 쪽으로 몸을 돌린 뒤에 그 예쁜 눈에 입을 맞췄다.

바다는 아무 말도 없었다. 대신 얼굴을 붉히면서 고개를 숙였다. 나는 바다를 가슴 깊이 끌어안았다. 바다가 몸을 떠는 게 느껴졌다. 귀로는 그녀의 것인지, 내 것인지 모르는 심장 소리가 콩닥콩닥하고 들려왔다. 내 손은 자연스럽게 바다의 얼굴로 향했다.

그녀의 뺨을 부드럽게 어루만지며 내 쪽으로 고개를 들렸다. 주변의 풍경이 새하얗게 변하며 눈을 감고 있는 바다의 얼굴만이 시선에 들어왔다.

부끄러운 빛이 가득한 그 얼굴은 모니터 안이 아닌, 지금 바로 내 앞에 있었다. 그녀의 분홍색 입술에 내 입술을 가져갔다. 우리의 입술이 닿았을 때 보드라운 촉감과 함께 따뜻한 온기가 느껴졌다. 누가 먼저인지는 모르겠지만, 우리의 입술이 하나로 포개졌다. 그 순간 시간이 멈춰 버린 것 같았다.

오래 기다렸어.

나도.

괜찮겠어?

응.

우리는 그 상태로 무언의 교감을 나누었다. 내가 바

다를 양팔로 들어 올리자 바다가 어맛 하고 소리를 냈다. 그리고는 내 가슴에 얼굴을 묻었다.

내 방으로 바다를 안고 가 침대에 조심히 내려놓았다. 바다가 내 목을 끌어안았다. 이번에도 바다는 빼꼼히 혀를 내밀었지만, 평소처럼 장난기가 다분하지는 않았다. 떨리는 마음을 감추려는 듯 바다는 긴장한 얼굴을 하고 있었고 그래서 더 사랑스러웠다.

"웃어 줘."

바다가 나를 끌어안으며 내 귓가에 속삭였다. 그것은 아름다운 선율과 같았다.

"오빠는 웃는 얼굴이 예뻐……."

그 선율이 이끄는 대로 몸을 맡겼다. 부드러운 입맞춤이 끝났을 때 우리는 어느새 나신이 되어 있었다. 꾸밈없는 바다의 모습은 너무나도 작고 아름다웠다. 그때 바다가 계속 감고 있던 눈을 느릿하게 뜨면서 나를 올려다봤다.

바다가 갑자기 나를 껴안고 있던 팔을 떼더니 내 두 눈을 손으로 가렸다.

"잠깐, 잠깐만, 오빠, 너무…… 환하잖아……."

바다의 목소리가 들렸다.

바다의 손을 치우자, 바다가 꺅 하는 소리를 내며 다시 내 눈을 가렸다.

"보, 보지 마."
"알았어."
나는 웃은 뒤, 커튼을 닫고 왔다.
"이제 됐어?"
"그런데…… 밖에 들리지 않을까? 영화 보면 왜……."
"괜찮아."
"그런데…… 누가 갑자기 오지 않을까?"
"괜찮아."
"그런데……."
"응?"
"그런데…… 나…… 처음이야……."
후아후하.
바다가 심호흡을 크게 쉬었다.
"나 이제 준비됐어. 오빠…… 사랑해."
바다는 어둠 속에서도 두 눈을 질끈 감았다.
무슨 일이 있어도 너는 내가 지켜 줄게.
"사랑한다, 바다야."

* * *

오랫동안 비행기를 타고 오느라 피곤했던 모양인지

바다는 갓 태어난 아기처럼 쌕쌕 소리를 내며 잠들어 있었다.

그런 바다의 코끝을 집게손가락 끝으로 어루만지다 자리에서 일어났다. 이불을 바다의 목 끝까지 잘 올려 준 다음 바닥에 아무렇게나 떨어져 있는 속옷들을 정리했다. 우리는 두 시간을 넘게 이불 속에서 대화를 했었다.

못다 한 얘기를 풀어 놓기에는 부족한 시간이었지만, 아직 우리에게는 시간이 많이 남아 있었다.

내가 저녁 준비를 마쳤을 때쯤 거실로 나오는 바다의 인기척이 들렸다.

"나 얼마나 잤어?"

바다가 내 등 뒤에 달라붙으며 물었다.

"두 시간쯤."

"맛있는 냄새네. 그런데 내가 해 준다니까."

"계속 잠만 잔 게 누군데."

"그건 오빠가……"

"어?"

"오빠가…… 나를 피곤하게 했으니까."

목소리에는 부끄러움이 가득했다.

나는 소리 없이 웃었다.

"김치찌개네?"

"네가 먹고 싶어 하는 것 같아서."

"바보네, 오빠를 먹이고 싶었던 거지. 그럼 나는 밥 떠 놓을게. 밥그릇이랑 숟가락은 어디 있어?"

바다는 까치발로 서서 선반을 뒤졌다. 그렇게 모락모락 피어오르는 찌개와 하얀 밥이 올려진 식탁 앞에 우리는 마주 보고 앉았다.

"오빠가 해 준 밥은 처음이네. 내가 해 줬어야 했는데……."

바다가 정말 아쉬운 듯 말꼬리를 흐렸다.

"하하, 같이 저녁을 함께한다는 게 중요한 거지. 우리 집에 오길 잘했지?"

"몰라."

그러면서 바다는 잘 먹겠습니다는 말과 함께 찌개를 한 숟갈 떠 입안에 넣었다.

"어? 맛있네?"

동그래진 눈을 한 바다의 얼굴이 몹시 귀엽다. 그녀의 팬들이 왜 그녀에게 흠뻑 빠졌는지 알 것 같았다.

"자취 생활 반년이야."

"있지, 우리 부모님께서 오빠 보고 싶어 하신다?"

"가까운 시일 안에 인사드리고 정식으로 교제를 허락받아야지."

"나도 오빠 부모님께 인사드리러 가야 하는데."

"나 한국에 돌아가면."

"언제가 될까?"

"내가 여기서 배우고 싶은 것을 다 배우면. 빠를수록 좋겠지만."

"돌아오면 연수원에 들어갈 거야?"

"내가 판검사가 됐으면 좋겠어?'

"판사는 몰라도 검사는 어울리는데. 그런데 말했잖아. 오빠가 하고 싶은 걸 해. 나는 오빠가 무슨 직업을 가지든 다 응원해 줄 수 있어. 내가 능력 있잖아. 헷."

"고맙네."

"알면 잘해. 이상한 파티 다니면서 여자들하고 헤헤거리는 거 들키기만 해 봐."

"내가 그런 데 다닐 거 같아?"

"팀 모리슨은 소문난 바람둥이라던데. 여배우들하고 이상한 스캔들도 자주 터지고. 아무래도 그런 사람하고 어울리고 다니면 같이 휩쓸린다고……. 우리 동생이랑 언니들이 그래."

"걱정하지 마. 여기 여자들은 동양 남자에게 관심 없어."

"오빠는!"

바다가 입을 다물고 코끝을 찡그렸다.

"여자들이 관심 있다면 그렇게 하겠다는 거네?"

"나부터가 다른 여자들에게 관심 없어. 네가 있잖아.

네게 만족해."
"딩동댕. 정답."
바다가 씩 웃었다.
"오빠는 안 궁금해?"
"뭐가?"
"다른 남자들이 내게 대시하는지 안 하는지."
"해?"
"안 해."
왜 그러냐고 물어보라며 바다가 눈빛으로 재촉했다.
"왜?"
"내가 으르렁거리거든. 다가오려고 하면 '절대 접근 불가' 눈빛을 보내. 정신 똑바른 사람도 간혹 있기는 하지만 대부분 왜 그렇게 철이 없는지 모르겠어. 오빠에 비하면 다들 어린애들이야. 보면 볼수록 한심한 사람들이 많아. 우리 언니들도 그러더라. 오빠 같은 남자 어디에도 없다고."
"그렇다니 다행이네."
"다행이긴, 그런 걸로는 이만큼도 걱정 안 하면서."
갑자기 바다가 내 쪽으로 몸을 기울여 입가에 붙은 밥알을 떼어내 보였다. 그런 다음 매우 자연스럽게 자신의 입안에 넣었다.
"벌써 7시가 다 됐다."

바다가 말했다.

"하루가 금방 가네."

"그러니까 빨리 밥 먹고 할 일 하자."

"가고 싶은 데 많다고 했지?"

"계속 생각해 둔 데가 있어."

"어디? 소호? 5번가?"

"오빠 침실."

"어?"

"짐승! 엉큼한 생각하지? 혼난다. 침대에 같이 누워서 아까 잠들어서 못 한 얘기들마저 하고 싶어. 오늘은 그렇게 오빠랑 보내고 싶어. 복잡한 거리가 아니라."

나도 그러고 싶어.

그런 마음으로 부드럽게 웃자 바다가 한마디 덧붙였다.

"엉큼한 생각하지 말라니까. 하여간 남자들이란."

*   *   *

이튿날 타임 워너 센터 앞에서 바다와 그녀의 일행들과 합류했다. 제작사인 TA에서 차편을 보내 주기로 했기 때문에 로비에서 서성이고 있을 때, 기다란 검은색 리무진 한 대가 우리 앞에 멈춰 섰다. 차 문이 열리고 팀이 내게 손짓을 했다. 등 뒤로 꺄 하는 바다의 동료들의 탄성이 들렸다.

"직접 왔네? 리무진은 뭐고."

올라타며 말했다.

"사부의 소중하신 분이 왔는데 당연히 신경을 써야죠. 그게 예의입니다. 그렇죠?"

팀이 내게만 들릴 법한 작은 목소리로 말했다. 나는 팀 옆에 앉았다.

그때까지도 최 사장과 일행들은 어떻게 해야 할지 모르고 어리둥절한 표정으로 나와 팀을 바라보고 있었다. 팀이 직접 나올 줄을 몰랐던 것이다. 사실 영화 OST 작업만 할 것이기 때문에 직접 만날 것은 생각도 안 했을 것이라 안절부절못하고 있었다.

내가 다시 한 번 탑승을 권유하고 나서야 하나둘, 리무진 안으로 들어오기 시작했다. 바다는 물론이고 동료들의 눈동자도 초롱초롱하게 빛났다.

최 사장이 팀에게 악수를 청하면서 처음 뵙겠습니다, 라고 영어로 말했다. 그러자 팀이 그 손을 잡으며 안녕하세요, 라고 한국어로 화답했다.

"한국말을 하실 줄 아세요?"

"조금."

팀이 그렇게 미소 지은 뒤 바다에게로 시선을 옮겼

다.

"오! 당신, 압니다. 기다렸습니다. 당신, 정의 친구입니다. 반갑습니다. 나는 기쁩니다, 많이."

팀이 어눌한 발음과 함께 바다에게 고개를 숙였다. 바다는 팀의 한국어 실력에 꽤 놀란 눈치였다.

"저도 기뻐요……."

바다는 잠깐 멍하니 있다가 그 어여쁜 미소로 똑같이 고개를 숙였다.

"팀 모리슨입니다. 우리를 환영합니다."

팀은 바다의 동료에게도 인사를 건넸다. 어법에 맞지 않으면서도 한국어로 말하려고 하는 노력이 가상하게 느껴졌다. 한국어 개인 강사를 두고 여유가 있을 때마다 배운다더니, 바로 오늘을 위해서였던 모양이다.

호화로운 리무진 안, 인테리어에 관심을 기울일 법도 한데, 모두들 팀에게서 시선을 떼지 못했다. 팀은 세간의 관심을 어떻게 받아들이고 어떻게 원하는 방향으로 이끌어 나가는지 잘 알고 있었다. 팀은 만면에 부드러운 빛을 띠며 눈이 마주치는 사람마다 눈웃음을 지어 보였다.

사실 팀의 접객은 매우 급작스러운 것이었다.

다들 제작사 TA에서 나온 사원이 마중 올 것이라 생각하고 있었다.

팀은 영화가 제작 단계에 들어가면서부터 눈코 뜰 새 없이 바빠졌다. 이렇게 직접 마중 나오기 위해서 스케줄을 조정하고, 상당한 무리를 감수했을 거라는 생각에 그에게 고마운 마음이 들었다.

"팀, 저는 한국에서 온 레드웨이 엔터테인먼트의 최(Choi)입니다. 우리에게 좋은 기회를 주셔서 감사합니다. 어려운 결정이었을 것이란 것을 잘 알기 때문에 그 선택에 후회가 들지 않도록 좋은 성과를 만들겠습니다. 다시 한 번 감사 드립니다."

최 사장의 영어 실력은 상당히 괜찮았다.

"너무 어렵게 생각 마시고 다들 즐기고 갔으면 좋겠습니다. 매우 재미있을 겁니다."

팀이 이번에는 영어로 말했으나, 바다의 동료들 대부분은 그 의미를 이해한 것 같았다. 모두들 해맑게 웃었다. 홍조로 가득 찬 모두의 얼굴에는 기대와 환희가 가득 실려 있었다. 아메리칸 드림. 모두들 그렇게 외치고 있는 것 같았다.

우리는 어느 정도 통성명을 마치고 달리는 차에 몸을 맡겼다. 이윽고 강변도로까지 진입하였다. 허드슨 강을 따라 꼬리에 꼬리를 물고 세워진 초고층 빌딩들이 겨울 햇빛을 받아 빛나고 있었다.

"저기 조그맣게 보이는 게 자유의 여신상이야."

창밖을 가리키며 말했다.

"어디? 어디?"

바다와 동료들이 몸을 휙 하고 돌려 내가 가리킨 쪽을 쳐다봤다. 리버티 섬에 세워진 자유의 여신상은 손톱 크기보다도 작게 보였는데, 그것만으로도 바다와 동료들은 아이처럼 소리를 지르며 좋아했다.

"자유의 여신상이 너보다 인기가 좋군."

팀에게 속삭였다.

"그녀는 만인의 연인이잖아. 그거 알아? 나는 이미 몇 번이나 그녀를 올라탔었어."

팀이 씩 웃으며 대꾸했다. 최 사장이 팀의 야한 농담을 듣고 민망하다는 듯 웃음을 흘렸다. 미국 주립 고등학교 출신이라는 바다의 한 동료가 풉 하고 웃자 팀이 그녀에게 눈을 찡긋했다. 그녀의 얼굴이 금세 빨갛게 달아올랐다.

헛수작 부리지 마. 나는 그런 의미를 담아 팔꿈치로 팀의 어깨를 짓눌렀다.

바다도 팀의 농담을 이해했는지 나를 보며 얼굴을 붉혔다. 어제의 우리가 떠오른다.

도착.

근사한 빌딩에 자리 잡은 TA제작사는 신생 업체답지 않게 노련해 보이는 직원들로 가득했다.

팀은 OST 책임자에게 바다와 그녀의 일행들을 소개한 후 나를 그의 사무실로 안내했다. 흡사 사진 전시관처럼 그의 사진이 가득한 방이다. 팀은 그곳에서 OST 프로젝트가 담긴 서류를 보여 주며 여러 가지를 설명했다. 이를테면 미국 시장에서 최고의 프로듀서로 평가받는 마이클 웨던이 프로듀싱을 맡게 될 것이라는 것, 4C가 담당할 음악 역시 중국계 출신의 뛰어난 작곡가 리처드 씽의 작품이라는 것 등이었다.

"여러 가지로 고맙다."

내가 말했다.

"사실 놀랐습니다."

"뭐가?"

"사부님은 이 세상 사람이 아닌 것 같았거든요. 그런데 사부님의 사람들을 만나고 보니 사부님도 우리와 같은 것 같아서, 조금은 안심이 됩니다. 그런데 저…… 사부님의 사람들은 아직 사부님에 대해서 모르고 있지요?"

"그렇지."

나는 고개를 끄덕였다.

"그들에게 알리고 싶지 않다. 그러니까."

"네, 걱정하지 마세요. 그 정도 눈치는 있습니다."

"그래. 알렉스는?"

"촬영 현장에 있습니다. 그렇지 않아도 저는 이제 그쪽으로 가야 하는데, 그래요! 다 같이 가 볼까요? 오늘은 계약서에 사인한 뒤로 할 일이 없을걸요. 어차피 사부님 친구들은 작업 때문에 LA로 가야 할 겁니다."

"그래?"

"프로듀서와 그 작업장이 LA에 있거든요. 그리고 작업을 시작하는 건 모레부터니, 오늘은 잡힌 일정이 없을 겁니다."

"흠, LA는 꽤 먼 곳인데."

"전세기를 타고 가면 금방 도착합니다. 지금 전세기 안에서 파리 런웨이 출신의 섹시한 여자 승무원들이 우리를 애타게 기다리고 있지만, 다 같이 간다면 사부님의 친구들을 위해 남자 승무원들로 바꿔 놓으면 되죠. 전화 한 통이면 됩니다."

그렇지만 결코 장난으로 들리지 않았다.

"말을 해 봐야 알겠지만 아마 다들 반길 테지. 하지만 남자 승무원들은 안 돼."

"그럼 여자 승무원으로 하겠습니다."

대답 없이 팀을 가만히 쳐다보자, 팀이 실없이 웃으며 이렇게 대답했다.

"할 수 없죠. 이 제자가 승무원을 해 보죠."

"손님 여러분, 안녕하십니까? 저는 임대 항공 1001호 편의 수석 승무원이고 티미라고 불러주시면 됩니다. 어쨌든 비행시간은 다섯 시간으로 예상되고 있습니다만, 저와 함께 있다는 것 자체로 시간이 가는 줄 모르실 겁니다. 항공법에 따라 비행기 이착륙 시 휴대전화를 포함한 모든 전자제품을 사용할 수 없습니다…… 라고 해야 하겠지만, 이 티미의 임대 항공 1001호 편은 모든 것이 허용되어 있습니다. 단 코카인만 빼고 말이죠. 기내에 산소 공급이 필요할 때에는 선반 속에 있는 산소 마스크가 자동으로 내려옵니다. 그리고 알코올이 필요할 때에는 음료대에 구비되어 있으니 마음껏 드시면 됩니다. 비상 장비와 비상 탈출에 관한 내용은 앞주머니 속의 안내서를 참고하면 됩니다만, 구명복과 낙하산은 제 것밖에 준비되어 있지 않습니다. 저희 임대 항공 1001호 편은 여러분을 안전하고 편안하게 모시고자 최선을 다하겠습니다. 감사합니다."

전세기에 탑승 후, 팀이 승무원 유니폼으로 갈아입고 나왔을 때 바다의 동료들은 영화의 한 장면을 보는 것 같다면서 매우 좋아했다. 그리고 팀이 유머러스한 안내 멘트를 끝냈을 때는, 그의 친근한 모습에 대해서 서로 속삭이며 더욱 좋아했다.

나는 정말로 궁금해서 바다에게 물어봤다.

"이해가 돼?"

"말은 잘 못해도 듣는 귀는 뚫렸어. 우리 꽤 공부를 해 왔었거든. 그런데 오빠는 이제 진짜 네이티브 스피커 같더라. 그리고 팀 모리슨 말이야. 세계적인 톱스타답지 않게 사람 정말 좋다."

바다가 속삭였다.

그녀의 따뜻한 숨결이 귓가를 간질였다. 그런데 그녀가 모르는 것이 있다.

세계적인 스타에 대한 자부심과 자각심이 있는 팀은 오만한 것까지는 아니더라도, 일반적인 대중이 다가가기 어려운 태도로 대중들을 상대한다. 그런데 지금 그는 내 친구들 앞이라는 이유로 평소보다 무리를 하고 있었다.

나는 승무원 유니폼을 입고선 다가오는 팀을 보며 그렇게 생각했다.

"손님은 늘 드시던 대로 우유를 드시겠습니까?"

팀이 뜬금없이 물은 뒤 장난스러운 미소를 지었다.

우유라니.

어쩌면 내가 잘못 생각하고 있는지도 모른다. 그는 그냥 이 승무원 역할을 즐기고 있는 것일지도.

"우유?"

바다가 나를 쳐다보더니 풉 하고 웃음을 터트렸다.

"저는 버드와이저(Budweiser)요, 승무원님."
바다가 말했다.
"하이네켄(Heineken)도 있나요?"
"데킬라(tequila)는요?"
"화이트 와인은요?"
뒷좌석에서 나오는 목소리들이었다.
"저희 임대 항공 1001편의 음료대에는 말씀하신 모든 것들이 구비되어 있습니다. 가져다 드세요."
팀이 뒤를 돌아보며 유머 있게 말했다. 역시나 깔깔깔 하고 웃음소리가 또다시 터져 나왔다.
맥주 한 캔을 비운 바다는 금방 잠이 들었다. 자꾸만 떨어지는 그녀의 고개를 내 어깨에 기대 놓고선 나도 눈을 감았다. 사람들의 웃음소리가 점점 멀어지기 시작했다.

LA 근교의 야외 촬영지에 도착했을 때는 이미 해가 진 뒤였다. 그럼에도 불구하고 촬영지를 밝히는 강렬한 촬영 조명기기들로 인해 그곳은 대낮보다도 환했다. 촬영은 계속 진행되고 있었다.
미 육군 태스크포스(task force: 기동부대)의 유니폼에 총기를 든 배우들이 폐허를 수색하고 있는 모습은 실제 전장을 방불케 했다. 비단 배우들의 모습뿐만 아니라 촬영에 임하는 진지한 스태프들의 모습 또한 그러했다.

우리는 소리를 죽이고 광경이 잘 보이는 곳에 자리를 잡았다.

조감독으로 보이는 남자가 스태프들에게 신호를 보냈다. 그러자 폐허 건물 유리창을 깨고 한 남자가 나타났다.

알렉스였다.

상체를 고스란히 드러내, 건강한 육체미를 과시한 그는 태스크포스들의 반대편으로 맹렬하게 도주하기 시작했다. 엔진이 달린 동작 카메라 두 대가 그 뒤에 바짝 따라붙었고, 건너편에서는 그 장면을 정면에서 촬영했다.

태스크포스들이 허겁지겁 뒤를 쫓았지만 알렉스의 속도에 미치지 못했다. 그는 월등히 빨랐다.

특수 설치되어 있던 폭발 장치가 여기저기서 발동하며 불기둥을 만들어냈다.

알렉스가 불기둥을 뚫으며 전력 질주했다. 그는 정말 빨랐다. 그가 안전선 너머까지 도달하자 스태프들이 그를 중심으로 엄지손가락을 치켜세우며 모여들기 시작했다. 누군가 박수를 치기 시작했고, 바다와 그녀의 동료들도 기립 박수를 쳤다.

"대단하다, 오빠. 위험한 거는 둘째 치고, 알렉스는

지금 당장 육상 올림픽에 나가도 될 것 같아. 엄청 빨라. 아 참, 오빠도 고등학교 때, 한 달리기했었지 않아?"

"측정 오류였었지."

나는 대수롭지 않게 대답했다. 알렉스가 멀리서 우리를 알아보고 젖은 수건으로 머리를 털며 다가왔다. 한 마리의 야생마 같은 그가 상체를 탈의한 채로 걸어오자,

"죽인다. 완전 섹시해."

라고 단발머리가 말했다.

그녀의 동료들도 맞장구쳤다.

"오셨습니까."

알렉스는 곧장 내게 와 고개를 숙였다. 보는 눈이 많음에도 불구하고 그는 몹시 정중한 태도를 보였다. 역시나, 최 사장은 물론이고 바다의 동료들이 그런 우리를 보면서 당황한 기색을 감추지 못했다. 바다도 눈을 크게 떴다.

"이 친구가 요즘 정 덕분에 동양의 예절에 흠뻑 빠져 있습니다. 하하."

팀이 우리 사이에 끼어들며 말했다.

"오신다는 말씀 들었습니다. 경황이 없어서 마중 나가지 못했습니다."

"괜찮아. 여기는 내 여자친구, 그리고 여자친구 소속사 사장님과 동료들."

나는 일행들을 한 명 한 명 소개했다. 알렉스는 허물없이 나온 팀과는 다른 방식, 그러니까 정중하면서도 진심이 담긴 행동으로 일행들을 접대했다.

알렉스가 다음 촬영을 위해 자리를 떠났을 때, 최 사장은 계속 얼떨떨한 얼굴을 하고 있었다. 내가 알렉스에게마저도 이런 정중한 대접을 받게 될 것이라고 조금도 생각한 적이 없었기 때문이었다.

그것이 끝이 아니었다.

스태프들에게 돌아간 알렉스가 무슨 이야기를 했는지 중요 촬영 인사들이 우리에게 다가와 인사를 건넸다. 십수 명의 사람들에게 둘러싸인 우리는 한참 동안 인사를 주고받아야 했고, 다 끝났을 때 우리 손에는 그들의 명함이 잔뜩 쥐어져 있었다.

"원, 원래 이 사람들 이렇게 친절해? 다들 상냥하게 웃으면서."

바다가 물었다.

"그럴 리가 있겠어? 진욱 씨가 이 사람들에게 돈을 빌려 주지 않고서야 이 사람들이 어떤 사람들인데……. 특히 할리우드에서 일하는 사람들이 우리 같은 동양계 사람들에게?"

미국 태생이라는 바다의 동료가 강하게 부정했다. 그녀는 촬영 준비를 위해 분주하게 움직이는 스태프들과 나를 번갈아 쳐다보더니 고개를 설레설레 저었다. 그러면서 미국 음반 시장과 드라마 시장을 기웃거렸던 자신의 학창 시절에 그들에게 어떤 무시를 받아 왔는지에 대해 꽤 오랫동안 늘어놓았다. 말하는 도중 감정이 이입된 그녀는 얼굴이 붉게 상기되었다.

"불편하신 일이 있으신가요?"

팀의 목소리였다.

우리는 소리가 들려온 쪽으로 몸을 돌렸다.

어느새 검은색 슈트로 갈아입은 팀과 알렉스가 그곳에 서 있었다. 더군다나 뒤에서 비춰 오는 조명 빛 때문에 슈트를 입은 둘의 모습은 유명 패션지의 커버 사진으로 실어도 될 정도였다.

"한국말을 잘 못 하긴 하지만 그래도 무슨 말을 하고 있었는지 조금은 이해할 수 있었습니다. 제가 대신 사과드려도 될까요?"

알렉스가 바다의 동료에게 말했다.

바다의 동료는 아니라면서 말꼬리를 흐린 뒤, 은근히 최 사장의 뒤로 숨었다.

"그리고 한 말씀 드리자면 정은 우리의 친구이지만, 또 공동 투자자이기도 합니다. 정은 이번 영화에 대한 지분을 우리와 동일한 비율로 가지고 있습니다. 여러분이 우리 TA와 계약된 아티스트이기도 하지만 공동 투자자 정의 친구이기 때문에, 우리 TA에서는 여러분을 특별히 모시고자 하는 것입니다. 이점 스태프들에게 일러두었으니 적어도 촬영장에서만큼은 불편함이 없을 것입니다. 편안한 마음으로 지켜봐 주시길 바랍니다."

공동 투자자?

금시초문이다. 내가 '무슨 말이야?'라는 얼굴로 알렉스를 쳐다보자, 그가 내게 다가와 귀에 대고 속삭였다.

"나중에 설명해 드리겠습니다, 스승님."

* * *

그날 밤 알렉스가 공동 투자자 건에 대해서 설명했다. 팀과 알렉스는 투자 지분에 대해 정부에 신고할 때 내 이름도 끼워 넣어, 정식으로 나를 서류에 등재시켰다. 영화 지분 1/3에 따른 환산 금액만 해도 3천만 달러가 넘어가는 천문학적인 액수였으며, 그것에 대한 세금 문제는 이미 그들이 고용한 세무사로 하여금 모두 해결한 상태였다. 그동안 아무 말 하지 않고 있던 팀과 알렉스에게 한소리 하려다가 그만두었다.

"너희가 무엇을 의도하고 그랬는지 나 역시 잘 알고

있다. 하지만 방법이 틀렸어. 그리고 이미 우리는 사제의 연을 맺고 있다. 사제의 연을 맺었다는 것은 세상의 어떠한 가치든, 그것을 초월한 관계임을 뜻한다. 너희의 행동은 필요 없는 짓이었어."

"영화는 크게 성공할 것입니다. 스승님. 지분에 따른 수익 분배금은 앞으로 스승님께서 하시는 일에 도움이 될 것입니다. 제자들의 조그마한 성의라고 생각해 주셨으면 합니다. 저희가 스승님께 조금이나마 보답할 수 있는 방법이 지금으로써는 이것밖에 없습니다."

"사부님, 영화가 상영되고 나면 저희들의 재산은 몇 배나 늘어나 있을 게 분명해요. 그것은 다 사부님 덕이죠. 그러니 지분 환산액에 크게 마음 쓰지 않으시면 좋겠습니다."

알렉스와 팀이 번갈아 말했다.

"알겠다."

나는 감흥 없이 대답했다.

아무리 그래도 수천만 달러라고요. 좀 좋아하시는 척이라도 하세요, 사부님.

팀은 그런 표정으로 싱글싱글 웃었다.

* * *

팀이 2층 높이의 난간에서 뛰어내리더니 공중에서 제비 돌아 안전하게 착지했다.

오!

스태프들 사이에서 탄성이 새어 나왔다.

잡음을 방지해야 하는 조감독도 경이로운 시선으로 팀을 바라보았다. 그때 갑자기 큰 소리와 함께 유리창을 깨고 나온 알렉스가 팀에게 날아들었다.

팀과 알렉스는 양손에 단검을 쥐고 있었다. 네 자루의 단검이 어지럽게 교차하면서 요란한 마찰음을 내기 시작했다. 일반인이라면 눈으로 좇기 힘들 만큼 빠른 공수(攻守)였다.

스태프를 포함한 우리 모두, 팀과 알렉스의 급소를 노리는 네 자루의 단검이 촬영용 고무 검이 아니라 진검이라는 사실을 알고 있었다. 조그만 실수가 있어도 치명적인 부상, 아니 목숨까지 위험해질 수 있는 상황이었다.

처음에는 이런 촬영에 스태프들의 완강한 거부가 있었다. 그러나 그들 모두 팀과 알렉스에게 고용되어 있는 입장이었고, 또 만약 좋지 않은 일이 벌어질 경우 둘이 모든 법적 책임을 다 감수하겠다고 강력히 주장했기 때문에 촬영이 진행될 수 있었다. 그렇다고 해도 둘의 날카로운 공격들은 진정 상대를 죽이기 위해 고용된 암살자들의 그것이었다. 보는 이로 하여금 한 수 한 수, 간담이 서늘해질 만큼 위험천만했다.

처음에 사람들은 우려가 잔뜩 실린 표정으로 둘을 바라보았는데, 서서히 그들의 표정이 변해갔다. 네 자루의 단검이 만들어내는 액션의 미학은 둘째 치고라도, 현장을 제집 안방처럼 누비면서 보이는 액션은 서커스 단원도 하기 힘든 놀라운 동작의 연속이었기 때문이다.

비로소 촬영 팀의 얼굴이 변했다. 한 장면도 놓칠 수 없다는 각오가 실린 눈빛이었다. 촬영 팀은 관객에서 촬영의 프로로 변해 둘의 움직임을 끊임없이 쫓았다. 팀과 알렉스의 싸움은 5분을 넘게 계속됐다.

그렇게 움직이고도 둘은 땀 한 방울 흘리지 않았다. 대신 스친 공격들로 인해 벌어진 피부 사이에서 붉은 선혈들이 흘러내리고 있었다. 그제야 나는 사태를 실감했다. 둘이 너무 몰입한 나머지 진심으로 싸우고 있다는 것을 알아차렸다.

쉬익.

나는 내공을 일으켜 둘을 향해 쏘아 보냈다. 그 순간 둘의 눈이 큼지막하게 커졌다. 다행히도 둘은 나의 경고를 알아차렸다. 그다음부터는 시나리오대로 흘러갔다.

둘의 대결은 막바지로 치달았다.

알렉스가 팀을 쓰러트리고 제압했다. 알렉스가 오른손에 든 단검 끝을 팀의 심장에 대고 왼손에 든 단검의 날을 팀의 목에 댔다. 팀이 공허한 눈으로 알렉스를 올려다보며 말했다.

"이제 어디로 갈 거지? 너도 알잖아. 우리에게 갈 곳이라곤 아무 데도 없다는 걸."

"닥치고 뒤로 돌아누워."

알렉스가 단호하게 말했다. 팀은 알렉스의 경계 아래 몸을 비틀어 등을 내보였다.

알렉스가 단검 끝을 팀의 뒷목에 가져다 댔다. 정확히는 그의 목에 새겨진 문신에 단검이 닿았다.

"넌 이걸 가질 자격이 없어."

알렉스는 팀의 목에 새겨진 문신을 피부째 베어낼 심산이었다.

그런데 갑자기 소총 소리가 났다.

알렉스는 옆으로 몸을 굴려 소총을 쏘며 달려오는 한 무리의 사람들을 쳐다봤다. 팀이 그 짧은 사이를 놓치지 않고 자리에서 일어나 알렉스에게 달려들었다. 알렉스가 그런 팀의 공격을 피한 뒤 폐허의 창 너머로 몸을 던졌다. 거기까지가 이번 촬영의 끝이었다.

"와아아! 믿을 수 없어!"

스태프들이 환호성을 질렀다. 개중에는 미국 연예 전

문 기자들도 상당했다.

"원더풀!"

스태프들의 함성은 환희에 가까웠다.

그들은 무엇엔가 홀린 사람처럼 모두 다 장비를 내려놓고 팀과 알렉스를 향해 뛰어갔다. 연예 기자들도 '특종'이라고 그들의 동료에게 외친 뒤, 그 무리에 합류했다. 일순간 주변은 갑자기 피어오른 먼지들로 뿌옇게 변했다.

최 사장은 두 주먹을 불끈 쥔 채 아무 말도 하지 못했고, 바다의 동료들은 이미 스태프들과 함께 팀과 알렉스를 향해 달려가고 있었다. 내 옷자락을 움켜쥐고 있던 바다가 내 옆구리를 쿡쿡 찔렀다.

"……한국에서 영화 촬영하는 거 구경한 적은 있긴 한데, 이건…… 이건……."

"대단했지?"

"무슨 일 일어날까 봐 얼마나 조마조마했는지 몰라. 그, 그것보다도 어떻게 사람이 저렇게 움직일 수 있는지 너무 놀랐어. 암살자 역이라더니 정말로 암살자 같았어. 대단하다, 너무 대단하다. 오빠. 무슨 말을 해야 할지 모르겠어……."

"연습량이 그만큼 대단한 거야."

"아무리 연습을 많이 했다고 해도 저렇게 할 수가 있

을까. 말 그대로 원숭이처럼 방방 날아다니면서…… 직접 보지 않았다면 CG라고 생각했을 거야."

"영화 잘될 것 같지?"

"응, 대박!"

"팀에게 가 보자. 조금 다친 것 같던데."

"응?"

"칼에 조금 베였어."

"어? 설마."

"그래, 가짜 칼이 아니야."

"아니 아니, 정말로 진짜 칼이었어?"

"그래서 조마조마했던 거 아니야?"

"아니 아니, 그래도 설마 진짜 칼일 줄 몰랐지. 미쳤어. 미쳤어. 어머!"

나는 크게 놀란 바다를 이끌고 사람들에게 둘러싸인 팀과 알렉스에게로 향했다.

그렇지 않아도 사람들은 팀과 알렉스의 몸에서 흘러내리는 선혈을 보고 우왕좌왕하고 있었다.

팀과 알렉스가 보란 듯이 천으로 그것들을 닦아내자 살짝 스친 것 같은 작은 상처들이 모습을 드러냈다. 흘러내린 피의 양과는 달리 상처가 보기보다 양호하자 사람들은 안도하면서 또다시 환호성을 질렀다.

외공의 효과다.

둘이 외공을 익히지 않았다면 911구급차를 타고 실려 갈 정도의 상처를 입었을 것이다.

아니, 둘이 서로의 몸에 단검을 그었을 때는 전치 6주 이상의 큰 검상들이 여러 곳에 상당했다. 하지만 사람들이 달려 나간 그 짧은 사이 외공의 자연 치유력으로 인해 검상이 순식간에 아문 것이다.

"와아아아! 끝내줬지?"

팀이 스태프들을 향해 주먹을 번쩍 들어 올리며 외쳤다.

"끝내줬어! 팀!"

"사랑해!"

잔뜩 흥분해 있는 팀과는 달리 알렉스는 자신의 아문 상처를 흘깃흘깃 쳐다보면서 만감이 교차하는 표정을 짓고 있었다. 그러다 담담한 얼굴로 안면 있는 연예 기자들과 짧은 눈인사를 나누기 시작했다.

"알렉스! 내 평생 보아 온 것들 중에 제일 대단한 광경이었어! 인터뷰! 인터뷰!"

"알렉스, 여기 좀 봐 줘요!"

연예 기자들이 경쟁적으로 소리를 질렀다. 그때 나와 눈이 마주친 알렉스가 사람들 틈을 비집고 나와서 내 앞에 섰다.

"감사합니다. 스승님이 아니었다면 팀과 저, 큰일 날

뻔하였습니다."

 알렉스는 가끔 사람을 당황하게 한다. 그가 사람들이 다 있는 공간에서 내게 허리를 숙였다.

 그 틈을 놓치지 않고 연예 기자들이 카메라 셔터를 눌러댔다.

 그럼에도 불구하고 알렉스는 내게 숙인 허리를 펴지 않았다. 연예 기자들, 그리고 다른 사람들이 어떻게 생각하든 내게 예를 갖추겠다는 것이다. 그러나 그 같은 월드 스타가 그런 행동을 취하면 부작용이 발생한다. 당연하게도 연예 기자들의 카메라가 내게로 향했다. 알렉스와 관계가 어떻게 되는지, 내가 누구인지에 대한 질문 공세가 쏟아져 나왔다.

 알렉스가 한 점 부끄러움 없는 얼굴로 나와 기자들에게 말했다.

 "이분은 제 스승님(Master)이십니다. 여기까지일 뿐, 이에 관련된 질문은 받지 않겠습니다."

 젠장!

 거기까지만 듣고 바다의 손을 잡고 자리를 떠났다. 알렉스가 내 뒤를 따라오고 있었기 때문에 그의 이름을 애타게 부르는 연예 기자들의 목소리가 시끄럽게 들려왔다.

 "죄송합니다. 스승님."

나는 화가 나서 그를 쳐다보지 않고 앞만 보며 걸었다.

내게 수천만 달러에 달하는 영화 지분을 양도한 것, 그리고 사람들 앞에서 내게 예를 갖추고 나를 그의 스승이라고 공표한 것. 이와 같은 것들 모두는 알렉스의 순수한 마음에서 비롯된 것이라고 믿고 싶다는 게 솔직한 기분이다.

그러나 알렉스의 행동들에는 나와의 관계를 대내외적으로 긴밀하게 만들고 싶다는 계산이 깔려 있었다.

알렉스의 성품은 팀과는 달리 진중하고 침착한 만큼 그는 평소 생각이 깊다. 그만큼 겁도 많았다. 알렉스가 첫 만남에서부터 나를 두려워한다는 것을 알고 있었으나, 갱 건즈 사건 이후로 나를 대하는 태도에서 더욱 확신이 들었다.

내가 마음만 먹는다면 자신은 쥐도 새도 모르게 사라질 수 있다는 두려움을 가졌는지도 모른다. 그 대단했던 건즈가 손 한번 써 보지 못하고 순식간에 괴멸되어 버린 것을 자신이 직접 확인했으니 말이다.

두려워한다는 것이 나쁜 것만은 아니다. 그를 통제할 수 있기 때문이다. 하지만 어떤 관계든 두려움만 존재하는 것은 그 관계를 지속해 나갈 수 없다. 두려움 이상으로 믿음이 있어야 하고, 그 믿음 속에서 존경심이 피어 나와야 한다.

"죄송합니다. 왜 그랬는지 모르겠습니다."

"나는 너를 해칠 생각이 없다."

알렉스는 내 말에 반문하지 않았다.

"다른 말은 하지 않겠다. 너는 권이다. 내가 너에게 무예를 전수했을 때, 너를 제자로 받아들이고 그 이름을 주었다. 이 세상에서는 존재하기 어려운 무예를 네게 전수해 주었을 때는 나는 네게 어떤 것도 바라지 않았다. 그런데 너는 나를 믿지 못하고 있어."

"아, 아닙니다. 저는 단지……."

"전에도 말했지만 나는, 그리고 우리는 범죄 집단 같은 게 아니다. 무엇이 너를 그토록 두렵게 만들지?"

"이해해 주시길 바랍니다, 스승님. 스승님의 세계는 지금껏 제가 알지 못했던 미지의 세계입니다. 적응하려고 노력하고 있습니다. 그리고 다시는 이와 같은 일로 스승님께 폐가 가지 않도록 하겠습니다."

"권."

"예."

"우리가 사제 관계를 맺게 되었을 때 우리는 서로에게 의무가 생겼다. 너는 나를 섬기고 나는 너를 가르친다. 그러나 네가 나를 믿지 못하는 모습만 보인다면 나로서도 어쩔 수 없다. 그 의무를 행하지 않아도 될 기회를 주겠다. 지금이라도 네가 전의 세상으로 돌아가고 싶다면 보내 주겠다. 단 내가 준 힘은 되돌려 받아야겠지. 어떻게 하겠는가?"

내 목소리가 알렉스의 뇌 안에서 웅웅 울렸다. 알렉스는 사방에서 들려오는 내 음성에 놀란 눈을 하면서 주변을 두리번거렸다. 그는 차마 나와 눈을 마주치지 못했다. 마치 꾸중을 들은 어린아이처럼 한없이 기가 죽은 모습이었다.

"그것에 대해 어떤 보복이 있을 거라고 생각하는가? 내 맹세컨대 그런 것은 없을 것이다. 네가 떠나겠다면 허락하겠다. 너는 부러운 게 없는 위치에 있다. 내게 묶여 있을 필요는 없어. 무예를 거두는 것도 영화가 끝난 후에 하겠다."

"제게 크게 실망하셨군요."

알렉스가 떨리는 목소리로 말했다.

"떠난다면 막지 않겠다."

"스승님 덕에 새로운 세상을 알게 되었습니다. 떠나지 않겠습니다."

"그렇다면 벌을 받아야 한다. 조금 전 네 짧은 생각으로 인해 앞으로 어떤 일이 있을지 모르지 않을 터. 너도 그것을 기대하고 기자들 앞에서 나를 공표했지."

"어떤 벌이든 달게 받겠습니다."

"그리고 이후로는 나를 떠날 수 없다. 기회는 지금뿐이다."

"스승님을 모시기 전, 이미 수없이 고민했던 일입니다. 후회는 없습니다. 죄송할 뿐입니다."

"네가 악의를 가지고 그런 행동을 한 것이 아님을 안다. 하지만 부족한 믿음으로 나타난 행동이라는 점이 안타깝다는 것이다. 다시는 이런 모습을 보지 않았으면 한다. 당분간 파파라치들이 내게도 따라붙겠군."

"죄송합니다. 제가 벌인 일이니 제가 수습하겠습니다."

이미 늦었다.

알렉스가 내게 깊게 허리를 숙였던 사진, 연예 잡지사와 기자들은 법적 책임을 감수하면서까지 그 사진을 내일부터 지면을 통해 유포하기 시작할 것이다.

알렉스가 했던 언행은 할리우드 스타의 섹스 스캔들만큼이나 모두의 호기심을 자아내기에 충분했다.

차 문밖에서 노크 소리가 들렸다. 팀이 조심스럽게 문을 열고 안으로 들어왔다. 잠깐 차 문이 열린 그 틈으로 빼곡히 모여든 연예 기자들과 스태프들의 모습이 보였다.

팀은 내게 고개를 숙인 다음, 어처구니가 없다는 얼

굴로 알렉스를 빤히 쳐다보며 그 옆에 앉았다.

"너답지 않은 행동이었어. 무슨 생각으로 기자들 앞에서 사부님을 드러낸 거야. 가뜩이나 우리가 조금 전에 보여 준 액션 때문에 다들 눈이 벌게져 있던데."

"법무팀을 불러 줘. 기자들과 협상을 해야겠어."

"협상?"

"적어도 스승님 얼굴만큼은 못 나가게 해야 하잖아."

"사진은 막을 수 없지. 그러니까 소송을 걸지 않는 대신 얼굴만큼은 지워 달라? 그런 다음엔 사부님이 우리의 액션 코치라고 둘러댈 생각이야? 환장하겠네. 평소 조용하던 녀석이 사고는 제대로 친다니까. 그렇죠, 사부님?"

대꾸하지 않았다. 팀은 그제야 나와 알렉스 사이에 감도는 서늘한 분위기를 감지했다.

"밖은 왜 이리 시끄러운 거야."

팀이 그 말과 함께 도망치듯 차 문을 열고 나갔다.

"이 책임은 나중에 묻겠다. 나가서 할 일을 해."

"예, 스승님."

       *   *   *

바다에게는 오해에서 비롯된 일이라고 설명했다.

알렉스가 최근 동양의 문화에 흠뻑 빠져 있었고, 그래서 무술을 가르쳐 주고 있는 내게 그렇게 하는 것이 동양의 예절인 줄 알고 있었다고 말이다.

TA의 법무팀이 기자들에게 말한 것도 그것과 별반 다르지 않았다. 하지만 이미 기자들, 팀과 알렉스의 일상 하나하나를 기삿거리로 다루는 그들은 갑자기 튀어나온 팀과 알렉스의 젊은 동양 친구라는 소재에 눈을 번뜩였다. 더욱이 내가 그들의 무술 코치이면서 영화 지분의 1/3을 가진 투자자라는 사실이 밝혀지면서 기자들은 내게서 카메라를 거두지 않았다.

노코멘트로 일관했음에도 불구하고 그들에게 한참을 시달렸다. 그리고 이튿날 맨해튼으로 돌아오는 길에 바다의 동료, 단발머리가 US매거진이라는 미국 연예 잡지를 가져왔다.

법무팀과 협상을 맺은 것인지 내 얼굴은 모자이크로 가려져 있었다. 그런데 내게 허리를 숙인 모습이 고스란히 드러난 알렉스와 대비가 되어서 사진이 더욱 괴상하게 보였다.

"비밀 조직의 보스 같은 포스예요, 진욱 씨."

단발머리가 그렇게 말한 뒤 손으로 입을 가리며 웃었다. 그 옆에서 바다도 씩 웃었다.

나는 '섹시한 알렉스는 동양에서 온 친구에게 약점을

잡혔나?'라는 대목에서 신경을 끄기로 했다.

그런데 바다는 스타 매거진이라고 하는 또 다른 가십 잡지를 가져와서 내 기사가 실린 부분을 보여 줬다. 그 잡지에는 나와 알렉스가 차 안에서 서로 마주 보고 있는 사진이 실려 있었다. 망원 렌즈로 찍은 것이 분명했다. 알렉스는 잔뜩 기가 죽어서 고개를 숙이고 어깨를 늘어트리고 있었다.

내용은 동일했다.

"그래도 재미있었어."

바다가 말했다.

"재미있긴. 골치만 아프다."

"어쨌든 내게는 재미있는 추억 거리가 될 거 같은데? 생각만 해도 웃겨. 황당한 이벤트였어."

나는 실없는 미소를 지었다.

"아 참! 그리고 그 잡지들은 선물이야. 크크. 비행기 타고 가면서 심심하니까 보라고."

"LA에서 며칠 머물면서 함께 있고 싶지만. 당장 오늘부터 작업 시작이잖아. 그리고 나도 뉴욕에 돌아가서 APL 마지막 과제를 끝내야 하고."

"한국으로 돌아가기 전에 볼 수 있으면 좋겠는데. 진심으로. 진심으로."

그 순간, 언제나 생기가 감돌던 바다의 얼굴에 그늘

이 졌다.

"하지만 일정이 빡빡하대. 여기 작업 마치자마자 한국에 가서도 연장선으로 할 일이 있대."

"어, 사장님께 들었어. 이리 와 봐."

바다가 내 앞으로 천천히 걸어왔다. 나는 그녀의 작은 몸을 껴안은 다음 미리 준비해 두었던 목걸이를 주머니에서 꺼냈다. 어젯밤 호텔 앞 가판대에서 산 큐빅이 박힌 목걸이였다. 목걸이를 바다의 목에 걸어 주면서 귓가에 대고 속삭였다.

"일 잘하고 조심히 들어가. 그리고 목걸이는 다음에 더 좋은 걸로 해 줄 테니까 그때까지 잃어버리지 말고."

바다가 감동한 얼굴로 목걸이를 매만졌다.

"해 줄게……."

바다가 작은 목소리로 중얼거렸다.

"어?"

"해 준다고. 뽀뽀."

말이 끝남과 동시에 바다는 까치발로 서서 내 입술에 쪽 하고 입을 맞췄다.

제6장
필립의 조언

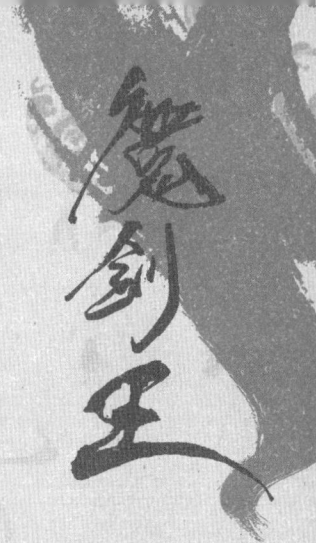

 언어 연수 프로그램인 APL의 마지막 과제를 제출한 날, 바다에게서 작업을 잘 마치고 한국으로 떠난다는 연락을 받았다. 바다와 좀 더 데이트를 하지 못한 것이 못내 아쉬웠지만 바다가 즐겁게 작업을 했다는 것에 만족했다.

 미국 대학은 한국에서와는 달리 가을부터 새 학기가 시작한다. APL을 마친 때부터 새 학기가 시작하는 9월까지는 너무 시간이 많이 남았기 때문에 2학기로 복학하기로 했다. 컬럼비아 대학 학생 명부에 이미 내 이름이 등재되어 있기에 가능한 일이었다.

우연히도 2학기 시작일이 이틀 후였다. 이미 수강 신청 완료된 강의가 많았고, 이수해야 할 필수 전공과목도 마찬가지였다. 그 문제를 해결하기 위해 컬럼비아 대학 사무국과 지도교수를 몇 번이나 만나야 했다.

일찍이 지도교수의 저서를 읽은 적이 있었다. 2년 전 그가 공개했던 '과거의 물결 그리고 세계 경영의 질서'는 '정의란 무엇인가?'라는 인문서만큼이나 세계적인 반향을 일으켰다.

호프 프레만 교수가 내 지도교수로 배정되었을 때 나는 크게 환영했다.

거시적인 관점보다도 경영학에 입각한 역사적 고찰론은 경영학뿐만 아니라 전통적인 정치학도 깊게 연관되어 있어서, 혈마교의 상황에 적용할 수 있었기 때문이다.

"앞으로 많은 지도 편달 부탁드립니다."

"음, 자네도 다른 한국 학생들처럼 월 스트리트나 관련 업무를 지망하나?"

별 관심 없이 서류만 뒤적거리던 프레만 교수가 입을 열었다.

"아닙니다."

"그렇군. 그런데 특이사항에 한국에서 변호사 시험에 합격했다고 쓰여 있군."

"변호사 시험이라기보다는 사법 공무원 시험입니다. 한국에서는 그 시험에 합격하면 2년간의 연수를 받아 성적에 따라 판사와 검사 같은 사법 공무원이 될 수 있습니다."

"국비 장학금을 받는군?"

프레만 교수는 별 관심 없다는 듯이 또다시 물었다.

"예."

"자네는 한국의 촉망받는 젊은 인재로군. 그런데 왜 지난 학기에 휴학했지?"

프레만 교수의 눈은 그건 자네 나라의 세금을 낭비하는 짓이라고 나를 꾸짖고 있었다. 어쩌면 처음부터 그가 하고 싶었던 얘기는 바로 그것이었는지도 모른다.

"수업을 따라갈 만큼 영어 실력이 충분하지 않았습니다."

"축하하네. 지금은 좋네. 알았으니 그만 가 보게."

프레만 교수는 감정 없는 어투로 말했다.

"예. 자주 뵙겠습니다, 교수님."

그에게 내 첫인상이 좋지 않은 모양이었다. 하지만 나는 마음에 담아 두지 않고서 자리에서 일어났다. 막 문을 열고 나가는데 기침 소리가 들렸다.

콜록. 콜록.

그냥 밖으로 나가자니, 호흡에서 깃든 기운이 매우

탁했다. 가까이서 진찰을 해보지 않아도 그의 몸 상태가 좋지 않다는 것을 알 수 있었다.

"괜찮으십니까?"

프레만 교수는 대꾸없이 고개만 끄덕였다. 기침을 멈춘 그는 내게서 시선을 떼고 또다시 서류를 뒤적거리기 시작했다. 내가 나가지 않고 있자 그가 고개를 들어 나를 쳐다봤다.

"할 말 있나? 학생."

"기침을 하신 지 꽤 오래되셨지 않습니까?"

"한국에는 가 본 적이 없어 모르겠네만 맨해튼의 겨울은 무척 춥지. 그런데 학생은 옷을 너무 가볍게 입고 다니는군. 젊음을 과신하지 않는 게 좋네."

프레만 교수 앞으로 가까이 다가갔다. 그에게 병이 있다는 것을 몰랐다면 모를까, 알고서도 귀띔해 주지 않는 것은 부도덕한 일이라는 생각이 들었다.

"한국에서 대학을 다닐 때, 교환학생으로 왔던 북경대 중의학과 학생과 친하게 지냈던 적이 있습니다."

그런 얘기를 왜 내게 하는 건가라는 표정으로 프레만 교수는 나를 물끄러미 쳐다봤다.

"부족하지만 그 친구를 통해 중의학을 접한 적이 있습니다."

"법학과 경영학, 그리고 중의학이라. 다방면에 관심

을 둔다는 것이 꼭 좋은 일만은 아니네. 특히 자네같이 학사 과정을 수료했다면 이제는 그 분야의 전문 과정을 더 익혀야 할 때지."

프레만 교수가 그러하듯, 나는 계속 말했다.

"그 친구를 통해 맥을 짚는 방법을 배웠습니다. 한번 봐 드려도 괜찮겠습니까?"

"자네 재미있는 학생이군. 동기들에게는 그렇게 접근하지 말게나. 이미 많은 동양계 학생들이 괴짜(Freak)라는 소리를 듣고 있는데, 자네는 그에 속하지 않았으면 좋겠어."

그는 비로소 빙그레 웃었다.

"교수님께서는 세계적인 석학이십니다. 교수님의 몸은 세계적인 재산이기 때문에 건강에 대해서 신중히 생각하셨으면 합니다. 교수님께서 생각하시는 단순한 감기가 아닐 것이라 것이 제 느낌입니다."

"내 저서를 읽어 보았나?"

"예."

"그렇다면 내가 자유 지상주의자라는 것을 모르지 않을 텐데 내가 세계적인 재산이라니. 그런 개념들이 자유 시장을 반대하는 이들의 논지지. 이제는 내 주변에 그런 소리를 하는 사람이 없다만, 또다시 듣게 되었으니 그들에게 해 줬던 말을 해 줘야겠네. 우리는 자기를 소유하고 있네. 누구도 우리를 소유하지 않네. 이의가 있다면 강의실에서 대답해 주겠네. 하지만 지금 나는 할 일이 많아. 한국에서 온 정진욱 학생이라고 하였지? 강의실에서 보세나."

"저는 교수님의 건강이 염려되어 드리는 말씀입니다. 흘려듣지 마시고 정밀 검진을 받아 보시길 바랍니다."

동시에 기운을 그에게 흘려 보냈다.

무형의 그것은 프레만 교수의 콧구멍과 살짝 벌려진 입술 틈으로 흘러 들어갔다.

기는 눈에 보이지 않지만, 그것은 마치 실같이 나와 연결되어 있어서 기와 닿는 것을 조금이나마 느낄 수 있고 또 기의 운행을 조종할 수 있다.

프레만 교수의 폐의 상태가 심상치 않았다. 기로 폐 내부를 살짝 자극했다. 문제가 없다면 반응을 하지 않겠지만, 역시나 그는 격하게 기침을 하기 시작했다.

"꼭 정밀 진단을 받아 보십시오. 교수님, 그럼 안녕히 계십시오."

콜록!

"자네도 외투를 단단히 입게."

프레만 교수는 당황스러워하는 것 같았다.

대학 건물에서 나올 때였다.

"진욱 씨!"

오랜만에 듣는 시연의 목소리였다. 멀리서 나를 발견한 시연이 빠르게 뛰어왔다. 하얀 코트를 입은 그녀의 모습은 함박눈이 내리는 교정과 매우 잘 어울렸다.

"뭐예요?"

시연이 다짜고짜 화를 냈다.

"왜 나를 피하는 거예요? 그 문제는 잘 해결되었잖아요. 내가 무엇을 잘못했나요."

그녀의 화난 얼굴이 갑자기 스르르 녹아내리더니, 눈가가 촉촉이 젖어들었다.

"말해 봐요. 내가 뭘 잘못했나요."

갑작스러운 상황에 나는 당황했다.

교정을 지나던 이곳 학생들이 우리를 흘깃 쳐다보면서 피식피식 웃었다.

"그 문제라니요?"

"파티에서 있었던 불미스러운 일은 잘 해결되었잖아요. 제가 모르는 뭔가가 있었나요? 그렇다면 말해 보세요. 우리 그 뒤로도 좋게 이야기 했었잖아요. 그런데 왜…… 왜…… 저를 피하는 거예요. 왜요……."

파티에서 있었던 불미스러운 일.

파티는 영화 제작 발표회를 말하는 것이고, 불미스러운 일은 제픽이라는 한 영화 스타가 시연을 추행하려던

필립의 조언 237

과정에서 있었던 나와 그의 물리적 충돌을 말하는 것이었다.

울먹이는 시연의 얼굴을 보니 뭔가 단단히 오해하는 게 틀림없었다. 내가 해명하기도 전에, 결국 시연의 눈에서 굵은 눈물 한 줄기가 주르륵 흘러내렸다.

"진욱 씨에게 여자 친구가 있는 건 알고 있어요. 그렇지만 그렇게 저를 피하는 것은…… 너무 비겁해요……. 내가 진욱 씨를 좋아하는 거 알고 있잖아요. 비겁해요, 정말."

시연은 제자리에서 꾸부리고 앉아 무릎 사이에 얼굴을 파묻었다. 흐느끼는 소리가 들렸다. 시연의 어깨가 들썩였다.

"도와줄까요?"

멀리서 기웃거리고 있던 백인 청년이 시연에게 다가왔다. 그는 경계 어린 시선으로 나를 쳐다봤다.

"아, 아녜요. 저는 괜찮아요."

시연이 울먹이면서 말했다. 머쓱해진 청년은,

"저기에 있을 테니 도움이 필요하면 언제든 말해요."

라면서 자리를 떠났다.

"오해입니다. 시연 씨."

조심히 시연을 일으켰다.

"왜 내가 시연 씨를 피한다고 생각했죠?"

"그건……."

"나는 시연 씨를 피하지 않았습니다."

"핸드폰도 끊겼고 그래서 몇 번이나 집에 찾아가기도 했어요. 그런데 진욱 씨는 어디에도 없었어요."

"당분간 팀 모리슨을 도와주기로 했다는 거, 시연 씨도 알고 있잖아요. 핸드폰은 고장이 나 새로 기계를 맞추면서 번호도 바꿨습니다. 일찍 알려 드리지 못한 건 미안합니다."

"피, 피한 게 아녜요?"

"자리를 옮길까요?"

"아!"

그제야 시연은 주위 학생들의 눈이 우리에게로 쏠려 있다는 것을 알아차렸다.

우리는 인근 카페로 이동했다. 가는 도중 시연은 한마디도 없이 고개만 푹 숙였다. 우리는 따뜻한 레몬차를 받아 와서 마주 보고 앉았다.

"그간 많이 바빴습니다. 피하고자 하는 의도는 전혀 없었는데 그렇게 느끼셨다면 정말 미안합니다."

"아, 아녜요. 제가 오해했었어요. 평소에는 이렇지 않은데…… 제 생각만 했어요. 저 부탁이 있어요."

"네."

"저…… 조금 전에 있었던 일, 제가 했던 말 모두 잊어 주시면…… 안 될까요? 너무 생각이 없었어요. 갑자기 진욱 씨가 보여서 저도 모르게 그만. 그렇게……."

"사실 무서웠습니다. 처음에 시연 씨가 화를 낼 때, 한 대 맞는 줄 알았습니다."

시연은 내 농담에 반응하지 않고 유리잔 주위만 집게손가락으로 매만졌다.

"잊겠습니다."

확실하게 말했다.

"정말이죠?"

"그래요. 그리고 저 이번 학기부터 복학합니다. 겹치는 강의는 같이 들어요. 우리는 좋은 친구가 될 수 있지 않습니까."

"그, 그럼요……. 그때 볼게요."

황급히 일어서는 시연에게 바뀐 내 핸드폰 번호를 알려 줬다. 시연이 그것을 암기했는지는 모르겠지만, 내게 고개만 꾸벅인 후 종종걸음으로 자리를 떠났다.

창문을 통해 어디론가로 전화를 거는 시연의 모습이 보였다.

크리스티나! 나 어떡해. 나 어떡해…… 민망해 죽겠어 (Christina! What should I do, what can I do…. So shy).

시연의 입술이 그렇게 움직이고 있었다.

*　　*　　*

 학기가 시작되고 첫 강의에 들어갔을 때, 학생들의 화젯거리는 필립 제입코스였다.

 세계 서열 10위의 재력가이자 세계적인 투자가로 유명한 그가 모교 후배들을 위하여 특강을 예고했었다는 것이고, 그날이 바로 오늘이라는 것이다. 외부 접촉을 하지 않는 그는 그가 설립한 제입코스 골드의 주주총회 때에나 모습을 드러내는데, 그 경우를 생각했을 때 이번 특강은 세간의 관심을 받을 만했다.

 학생들을 따라 지혜의 여신 미네르바, 알마 마터(Alma mater) 조각상을 지나 강단으로 향했다. 그곳은 컬럼비아 학생뿐만 아니라 타 지역에서 온 학생들과 기자들로 인해 무척 북적거리고 있었다. 프레만 교수와는 그곳에서 대면했다. 눈이 마주친 그가 내게로 다가왔다.

 "이번 학기에는 강의실에서 자네와 만나지 못할 거네."

 "검진을 받으셨군요."

 그가 고개를 끄덕였다.

 "고맙다는 말을 하고 싶었네. 내 주치의가 그러길, 총을 맞은 것처럼 폐에 구멍이 뚫려 있다는군. 그간 심한 통증을 느끼지 못한 건 다행이지만, 속히 치료하지 않으면 다시는 강단에 서지 못할 거라고 말했지."

"돈이 많이 든다는 소리일 뿐, 크게 걱정하지 마세요."

"자네도 현지인이 다 되었군그래. 내 연금을 빨아 가겠다는 소리지."

"아무쪼록 다행입니다, 교수님."

"일찍 병을 발견할 수 있었던 것은 모두 자네 덕분이지. 그러니 보답을 해야겠지. 오늘 점심에 식사나 같이 하게나."

거기까지 말한 프레만 교수가 내 얼굴을 보더니 희미하게 웃었다.

"거부하지는 말게. 오늘 내가 자네에게 하는 보답은 200만 달러의 값어치를 하니까."

"예?"

"몇 해 전 재미있는 경매가 있었지. 필립 제입코스와의 한 끼 점심 식사가 경매를 통해 이루어졌는데 그때 200만 달러가 넘는 금액에 낙찰된 적이 있었네."

"그분과 선약이 있으시군요. 괜찮습니다, 교수님. 저는 불청객이지 않습니까."

"그 부분은 걱정하지 말게. 이미 얘기는 끝났으니까. 점심에 그보다 더 중요한 약속이 있나? 여자 친구와 낮에 사랑을 하기로 잡혀 있었다면 오늘 밤으로 미루게나. 못생긴 늙은 남자들과 점심 식사를 한다면 여자 친구가 더 섹시해 보일 것이네."

프레만 교수의 농담은 재미없었으나, 나는 웃으면서 고개를 끄덕였다.

"네, 알겠습니다."

"그럼 강의가 끝나고 보지."

"어디로 가면 되겠습니까."

"교수실로 오게."

특강이 있는 강의실은 일천 명을 수용할 수 있는 큰 규모였다. 그러나 이미 내가 앉을 수 있는 자리는 남아 있지 않았다. 주변에서 속닥거리는 말을 들어 보니 새벽부터 줄을 섰던 사람들만 자리에 앉을 수 있었다는 것이다. 그래서 나는 자리를 잡지 못한 다른 사람들처럼 문가에 서서 필립의 강의를 들었다.

필립이 강의를 시작하면서부터 장내는 시종일관 조용했다. 월 스트리트를 지망하는 경영학도뿐만 아니라 경제학도에게도 그는 선망의 대상이다.

필립의 투자론 강의는 그가 언론 매체를 통해 지금껏 말해 왔던 것의 되풀이에 불과하였으나, 그의 등장 자체가 후배들에게는 학업에 대한 열의를 키울 수 있는 훌륭한 기회였다.

강의가 끝난 후 약속대로 호프만 교수와 만났다. 필립과의 점심 식사에 큰 기대는 없었다. 한 분야에서 최고로 성공한, 그 세대에서의 일인자를 만난다는 데에만 의미를 두었다.

 프레만 교수의 차를 타고 뉴욕 맨해튼을 빠져나왔다. 우리는 퀸즈까지 내려왔다. 시가지에서도 벗어났다. 그렇게 한적한 레스토랑에 도착했다.

 레스토랑 입구에는 필립의 수행원들이 우리를 기다리고 있었다. 레스토랑 안에는 손님 한 명 없이, 창가 쪽의 작은 테이블에 필립이 앉아 있었다. 겨울 햇볕이 잘 들어오는 따뜻한 자리였다. 그가 우리를 발견했다. 그는 읽고 있던 책을 덮고 자리에서 일어나 프레만 교수에게 악수를 청했다.

 "오랜만에 뵙습니다."

 필립이 말했다.

 "시간이 참 빠릅니다. 지난번 모금회 이후로 뵙는 것이죠?"

 프레만 교수도 필립의 손을 마주 잡으며 말했다.

 "5년 전인 것 같습니다."

 거기까지 말한 필립은 내게로 관심을 돌렸다.

 "이 학생이 교수님께서 말씀하신 학생이군요. 매우 잘생긴 청년입니다."

"그렇습니다."

"내 안색은 어떤 것 같습니까?"

필립이 내게도 물으며 오른손을 내밀었다.

"아주 건강하십니다."

필립이 빙그레 웃으며 우리에게 자리에 앉기를 권했다.

스테이크를 먹으며 필립과 프레만 교수의 대화를 들었다. 두 분은 친분이 깊었다.

필립이 컬럼비아 경영 대학원에 있을 때 선후배 관계였다. 필립이 투자 시장에서 두각을 보인 이전부터 프레만 교수의 수입을 그가 관리해 왔던 것 같았다. 전 세계에서 벌어들인 프레만 교수의 책 인세 수입 역시 필립이 운용하는 펀드 기금에 들어가 있었다.

"학생은 어디에서 왔죠?"

고령의 필립이 갈라진 목소리로 물었다.

"한국(Korea)에서 왔습니다."

굳이 필립 같은 인물에게까지 남쪽(South)에서 왔다며 부연 설명할 필요는 없는 것 같았다.

"훌륭한 나라의 청년이군요. 한국은 지성과 열정의 나라죠. 작년 이맘때쯤에 한국에 갔었던 적이 있습니다. 아름다운 나라로 기억하고 있습니다."

"우리나라를 그렇게 봐 주셔서 감사합니다."

"한국에서 사법 공무원 시험에 합격했다더군요. 그럼에도 불구하고 여기까지 와서 경영학을 공부하고 있는 학생입니다."

프레만 교수가 말했다.

"한국인들의 열정은 한국의 성장 동원이죠. 이런 학생이 있기 때문에 한국은 무한한 가능성이 열린 나라입니다. 교수님께서는 한국에 가 보신 적이 있으신가요?"

"한국식 돼지고기는 먹어 본 적이 있습니다. 구운 돼지고기를 채소에 직접 싸서 먹는데 재미있었죠."

"그거 맛있죠. 다음에는 한국 레스토랑에서 만나기로 합시다."

필립은 다시 나를 쳐다봤다.

"나는 한국 기업에 많은 투자를 하고 있습니다. 특히 2002년, 2003년부터 많은 한국 기업의 주식들을 보유하고 있죠. 한국의 투자 시장은 매우 긍정적이죠. 한국의 기업들은 놀랍습니다. 학생도 모국의 기업에 투자하세요. 충분한 수익이 있을 겁니다."

필립이 차분하게 말했다.

"이를테면 일성 같은 곳 말씀이십니까?"

일성은 나와 인연이 깊은 곳이다.

"일성에 투자하고 있습니까?"

별생각 없이 말한 것이었으나, 의외로 필립의 표정에

미묘한 변화가 일었다. 보통은 그러한 변화를 눈치채기 힘들지만 나는 알 수 있었다.

"일성은 좋은 기업입니다. 나 역시 일성의 주식을 보유하고 있습니다."

"그렇지만 왜 일성의 주식을 처분하실 마음을 가지고 계십니까?"

정중히 물었다.

필립은 대답 없이 프레만 교수를 쳐다봤다. 프레만 교수는 기다렸다는 듯이 빙그레 웃었다.

필립은 약간 생각하는 듯하더니 입을 열었다.

"교수님의 말씀대로 이 학생은 눈썰미가 좋군요."

그렇게 순순히 긍정하다니, 매우 의외였다.

"동양에서 온 학생들은 영특합니다."

"그런 것 같군요."

필립은 다시 나를 쳐다보며 그렇게 말했다.

"학생."

"예."

"나와 식사를 하는 사람들은 언제나 내게 투자 조언을 구합니다. 학생은 그런 것 같지는 않지만, 그것은 내게 일종의 의무처럼 다가오는군요. 그래서 이렇게 말해 줘야 할 것 같습니다. 일성에 투자하고 있다면 처분하세요."

그와 같은 명망 높은 투자가에게서 확신에 찬 조언을 얻는 것은 하늘의 별 따기만큼 힘들다는 것이 일반적인 상식이다. 그런데 필립은 확실하게 말했다.

 일성 투자에 대한 부정적인 요인은 세계적으로 하락하고 있는 반도체의 가치와 수요에 있다. 필립도 그렇게 말했다. 그런데 내가 그의 말을 통해 느끼기로는 반도체보다 더 큰, 투자를 철회해야만 하는 확실한 이유가 존재하는 것 같았다.

 "필립께서 그렇게 말씀하셨다는 것을 그 사람들이 알면 매우 실망하겠군요."

 내가 말했다.

 희미하게 웃는 필립의 눈초리에 많은 주름이 잡혔다.

 "필립, 이 학생을 좋게 보신 모양입니다."

 프레만 교수가 의외로군요라는 얼굴로 말했다. 나도 그 말에 공감했다. 필립이 나를 바라보는 눈길에 많은 호감이 서려 있을 뿐만 아니라, 그가 내게 해 준 투자 조언은 쉽게 얻을 수 있는 것이 아니었기 때문이다.

 그 조언이 내게 필요 있는지 없는지에는 관계없이 말이다.

 "건강해서 보기가 좋습니다. 교수님, 제자의 젊음이 매우 부럽습니다."

 "마찬가지입니다."

프레만 교수와 필립이 나를 쳐다보며 미소 지었다.

프레만 교수는 나를 맨해튼까지 다시 태워 준다고 했지만, 그가 입원해야 할 병원은 필리(Philly: 필라델피아의 애칭)에 있었다. 오히려 내가 교수를 그곳에 있는 병원까지 안전하게 모셔다 드려야 했다. 그를 홀로 두고 나 혼자 맨해튼으로 오기에는, 식사가 끝날 무렵 그의 기침이 더욱 격해져 있었다.

프레만 교수는 내 친절에 적잖이 감동을 받은 모양이다. 그는 아내도 없고 자식도 없었다. 더욱이 내 행동은 서양의 학생들에게는 조금도 기대할 수 없는 행동이긴 했다.

하늘이 깜깜해진 후에야 맨해튼에 도착했다. 귀찮은 파파라치는 없었다.

집에 들어온 나는 여느 날과 같이 흑천마검부터 확인했다. 그는 배가 고파서 잠이나 자야겠다고 생각한 모양인지 요즘 무척이나 조용했다.

그의 행위에는 관계없이 그의 존재 자체는, 내 정체성을 잃지 않게 해 준다. 수많은 사람의 피가 묻었던 그 검은 검신을 보고 있노라면 내가 어디에서 왔는지, 무엇을 해야 하는지 다시 한 번 일깨워 준다.

* * *

　프레만 교수의 입원으로 그의 모든 강의가 취소되었다. 대신 이제 막 교수직에 재임한 젊은 교수가 강단에 올라섰다. 처음에는 반신반의하였으나, 그는 이 주일도 되지 않아서 학생들에게 인정을 받았다. 풍부한 지식을 바탕으로 하는 고급스러운 위트는 학생들로 하여금 다음 강의를 기다리게 하였다.

　컬럼비아 대학의 강의는 대체로 만족스러웠다.

　토론을 통한 참여와 학생 주도적인 수업이 주를 이뤘다. 그러한 토론 과정에서 나는 적지 않은 친구들을 사귈 수 있었다. 다만, 컬럼비아대의 교수들이 내주는 과제(Paper)의 양이 한국에서 대학을 다닐 때보다 갑절 이상 많았다,

　강의가 끝나면 어김없이 도서관에 가서 다음 강의에 내야 하는 과제를 작성해야 했다.

　그렇게 과제를 마치고 집에 돌아오면 어김없이 오후 10시를 넘겼다. 그러면 나는 그날의 일과는 뉴스를 보는 것으로 정리한다.

　반년 전에는 듣기 실력이 형편없어서 영상과 부족한 자막을 통해 뉴스를 이해하고자 했지만, 이제는 그런 것들이 없어도 음성만으로 뉴스의 요지를 완벽히 파악

할 수 있을 만큼 실력이 늘었다.

오늘의 헤드라인 뉴스는 분식회계를 통한 조세 포탈 혐의로 아슈람 스턴을 구속하였다는 것이다.

미국의 IT 산업에서 상징적인 인물이었을 뿐만 아니라, 9.11 이후 아랍계 미국 시민들을 향한 차별과 부당 대우에 대한 규탄 운동에서도 또한 대표적인 인물이었다. 그를 지지하는 많은 아랍계 미국 시민들이 백악관 앞에서 시위를 하고 있는 영상은 잠깐 스쳐 가는 식으로만 다뤄졌고, 뉴스의 초점은 그가 탈세하였다고 추정되는 8억 달러에 집중되었다. 이어서 조지아주 이민법과 애국법 강화 문제, 다우지수의 단기 고점 회복 등이 다뤄졌다.

눈으로는 노트북 모니터를 보며 바다와 영아에게 메일을 쓰고, 귀로는 뉴스를 들었다.

그러던 중 익숙한 단어가 들렸다.

일성.

노트북 모니터에서 시선을 떼고 텔레비전을 쳐다봤다.

신 회장은 무척 건강했다. 젊은이 못지않은 당찬 걸음으로 비행기에서 내리고 있었다. 화면은 금발 머리의 아름다운 미녀 기자로 넘어갔다.

"작년 한국의 일성건설은 이라크 정부 건설부와 민관

합동으로 전후 복구 건설을 위한 총 300억 달러 규모의 MOU(양해각서)를 체결하였고, 10일 전인 2월 1일경에 일성건설의 사장이 내방하여 이라크 정부와의 본 계약을 확정지었습니다."

아나운서의 말이 끝나기 무섭게 화면 위로 굵은 글씨가 떠올랐다.

한국의 일성그룹. 이라크 전후 복구 사업 최대 수혜자로 떠오르다.

동시에 이라크 국가투자위원회 의장의 기자회견장으로 화면이 옮겨졌다.

의장의 성명은 다음과 같았다. 한국의 일성건설과 이라크 건설부가 체결한 계약의 당사자와 금액을 변경한다. 한국의 일성건설은 일성그룹으로, 이라크 건설부는 이라크 통합 정부로 바꾸고 수주액은 300억 달러에서 5,000억 달러로 변경하며, 공사기간은 7년에서 10년으로 확대한다.

아나운서는 이러한 계약은 이라크 정부가 다국적 기업들과 체결한 계약 중 최대 규모라고 추가 설명했다.

가끔씩 비서를 통해 안부를 주고받기만 했을 뿐, 신 회장과 직접적으로 연결을 한 적은 없었다. 비서를 통해 느끼기에 신 회장은 매우 바쁘신 것 같았다. 그만한 이유가 다 있었다.

자그마치 600조 원에 이르는 계약을 성사시키다니. 저 계약을 위하여 신 회장은 얼마나 많은 경쟁자와 전쟁을 치렀을까.

그리고 그는 승리했다.

나는 진심으로 감탄했다.

이라크 정부와의 계약으로 일성그룹이 얻는 이익은 상당하다. 간단하게 계산하여 수주액 5,000억 달러에서 순이익률을 10%로 잡았을 때 10년간 500억 달러의 순이익을 얻을 수 있다. 즉 매년 50억 달러, 약 6조 원의 순이익을 얻는 셈이다.

일성그룹의 일 년 순이익은 20조에 육박하는데, 이번의 계약으로 6조 원이 추가된다. 일성같이 거대한 다국적 기업이 자그마치 33%의 성장을 이룩한다는 것은 실로 놀라운 일이었다.

예상대로 일성의 모든 자회사뿐만 아니라 일성과 연관된 수많은 계열사들까지 붉은 기둥의 연속이었다. 일성그룹이 이라크 정부와 천문학적인 계약을 체결할 것이라고는 아무도 예상치 못했다. 소문도 없었다. 그래서 갑작스러운 소식에 일성 관련 주식에 투자한 사람들은 뜻밖의 큰 수익을 기록하고 있었다.

문득.

이주 전에 만났던 필립 제입코스가 떠오른다.

그렇다고 그가 뉴스를 보면서 후회하고 있을 것 같지는 않다. 그러기에 그는 일성에 있을 어떤 악재를 확신하고 있는 것 같았다.

제 7장
I.D.E

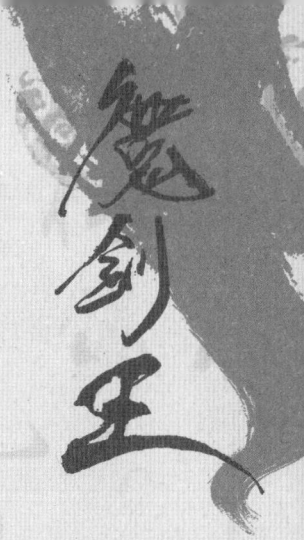

 바다에게서 그룹이 맡았던 테마곡 작업이 끝났다는 소식을 접했을 때, 나는 마침 팀과 같이 있었다.

 팀이 보여 준 영화 단편 영상은 지금껏 보지 못한 것이 틀림없었다. 팀과 지난번 일로 3일간 단식을 명받았던 알렉스는 영화 안에서 영웅, 그 자체였다. 둘이 호언장담했듯이 말이다.

 나는 진심으로 축하의 말을 전하며 촬영이 끝날 때까지 차질 없기를 바란다는 격려도 덧붙였다.

 두 사람이 돌아간 후에는 도서관에서 끝내지 못했던 과제를 계속했다. 끝날 만하면 다시 주어지는 과제는 사람을 참으로 피곤하게 만든다. 하지만 저쪽 세상에서 교주로서 매일같이 처리해야 했을 교업(敎業)에는 비할 바가 아니었다. 앉은키보다도 높은 서류 더미. 꾸벅꾸벅 졸다가 뻘게진 눈을 비비는 색목도왕과 흑응혈마의 모습이 떠올라 작은 웃음이 나왔다.

"이제 끝났군."

과제를 끝냈을 때, 노트북 창에는 am 2:20이라는 글자가 선명히 보였다.

그제야 샤워를 하고 쉴 수 있었다. 다행히도 이튿날은 학교를 나가지 않아도 되는 주말이다. 내력의 도움으로 쉽게 피곤해지지는 않지만, 숙면은 언제나 그리운 법이다.

소파에 누워 텔레비전을 보다가 잠이 드는 건 금요일에만 누릴 수 있는 유일한 행복이었다. 소파에 눕는 순간 나도 모르게 미소가 지어졌다.

리모컨 채널 버튼을 계속 눌렀다. 수많은 연예 프로그램과 다큐멘터리, 드라마 영상이 화면에 잠깐 나타났다 사라졌다. 결국, 볼만한 채널은 뉴스밖에 없겠구나 하는 생각이 들었다. 다른 채널에는 흥미가 동하지 않았다.

뉴스를 틀어 놓은 지 오래 지나지 않아 핸드폰 벨이 울렸다. 이 시간에 내게 전화를 걸 사람은 아무도 없었다. 나는 텔레비전이 놓인 선반 위에 올려 있는 핸드폰을 쳐다봤다. 공력을 움직이자 핸드폰이 내 손으로 느릿하게 날아왔다.

김 비서. 한국의 그녀였다. 왜라는 의문이 먼저 들었다. 미국은 지금 새벽 두 시가 넘어가는 시간이라는 것을 그녀가 모를 리 없을 텐데.

"여보세요."

"진욱 씨? 저예요, 김서연."

그녀의 목소리가 평소와 다르게 느껴졌다.

"네. 잘 지내셨습니까?"

"받으셔서 다행이에요. 어……떻게 해요."

무슨 일이 있는 게 틀림없었다. 그녀의 목소리는 매우 다급했다. 불안한 예감이 들었다.

"무슨 일이 있으십니까?"

"진욱 씨. 회장님께서, 회장님께서……."

4일 전, 뉴스를 통해 본 신 회장의 모습은 매우 건강했다. 그런데 무슨 일이 있다는 것일까.

바로 직전까지 다우지수가 전고점을 회복하고 상승 랠리 중이라는 경제 뉴스가 중간에 멈췄다. 텔레비전 속 다우지수 차트 화면이 스튜디오로 바뀌었다. 빌 오라일리(폭스 뉴스의 메인 앵커) 자리를 대신한 미녀 앵커가 다소 격양된 목소리로 이렇게 말했다.

"속보입니다. 일성의 CEO 신용운이 정체불명의 이라크 무장 단체에게 납치되었습니다.

바로 이십 분 전, 그가 이라크 정부 관계자와의 회의를 위하여 티그리스 강의 한 다리를 건너던 중, 정체불명의 무장 단체의 습격을 받아 납치되었다는 소식입니다. 신용운 회장은 한국의 유력 대기업 일성의 최고 경영자로 최근 이라크와 최대 규모의 전후 복구 사업을 계약 체결하여 이라크 내방 중에 있었습니다."

화면에 신용운 회장의 사진이 나타났다. 그가 바그다드국제공항에 도착하여 비행기에서 내릴 때 찍은 사진으로, 내가 최근에 마지막으로 본 그의 모습과 일치했다.

"지금 뉴스 방송을 보고 있습니다. 신 회장님께서 납치가 되셨다니요."

핸드폰에 대고 말했다. 그러면서 텔레비전 화면에서 시선을 떼지 않았다.

스튜디오는 현장에 특파된 기자를 연결하였다. 화면이 기자가 위치한 바그다드 현장으로 옮겨졌다.

기자의 뒤편으로 이라크 주둔 미군과 이라크 경찰들의 모습이 어지럽게 잡혔으며, 그 너머로는 매캐한 연기가 치솟고 있는 한 다리의 모습이 보였다.

이라크에서 폭탄 테러가 일어날 때마다 뉴스를 통해 보던 바로 그 장면이었다.

"네, 사실…… 사실이에요. 회장님께서 납치되셨어요."

핸드폰에서 불안정한 호흡 소리와 웅성거리는 소리가 함께 들렸다.

"잠시…… 잠시만요. 끊지 마세요."

김 비서가 말했다.

"네."

대답한 뒤에 뉴스를 계속 시청했다. 뉴스에 잡힌 광경은 참혹했다. 바그다드 시가지로 이어지는 기다란 다리는 중간에서 무너져 내렸다. 그 과정에서 티그리스강으로 추락한 차들이 상당했을 뿐만 아니라, 그때 일어난 폭발로 수많은 사상자가 발생했다. 까맣게 그을린 시체가 카메라에 스치듯 잡혔다.

그런데 나는 이상할 정도로 침착했다.

불과 며칠 전에 건즈와의 사건이 있었기 때문일지도 모른다는 생각이 들었다. 아무쪼록 신 회장이 무사하길 바라면서 기자의 말에 귀를 기울였다.

"목격자에 따르면 현지 시각 오전 9시경에 이 다리에서 거대한 폭발이 일어났다고 합니다."

그러면서 기자는 한 시민을 인터뷰하기 시작했다.

"무슨 일이 있었는지 말씀해 주시겠습니까?"

시민은 파란 눈을 가진 늙은 백인 남성이었다.

"바로 저 다리입니다. 그래요, 나도 저기에 있었죠. 오오, 하느님. 살아 있는 게 기적입니다."

늙은 백인 남성은 공포와 흥분이 교차한 얼굴로 말을 이었다.

"출근길이었죠. 바그다드 주요 도로와 다리에서는 차량 폭파 테러가 끊임없이 일어나고 있기 때문에, 지나칠 때마다 주의를 기울입니다. 앞도 보고 뒤도 보고 옆도 보고, 긴장을 놓쳐선 안 되죠. 오늘도 그랬습니다. 내가 그렇게 평소 긴장을 늦추지 않은 탓에 살아날 수 있었다는 거, 모두 명심하세요."

남성의 굵은 코가 가쁜 숨으로 벌렁거렸다.

"네, 그렇군요. 어떤 일이 있었죠?"

기자가 재차 물었다.

"출근길에 갑자기 차체가 흔들릴 정도의 폭발이 일었죠. 나는 폭발이 있었던 곳에서 멀리 있었죠. 근처에 있었다면 강으로 떨어졌거나 다른 차에 들이받혀서 여기에 있지 못했을 겁니다."

"무장 단체에 대해 말씀해 주시겠습니까?"

"다리 중간에서 폭발이 있고 나서 차들이 모두 멈춰

섰습니다. 나도 너무 놀라서 뛰쳐나왔죠. 그때 그들을 봤습니다. 다들 복면으로 얼굴을 가리고 있었는데 체격이나 피부는 현지인이었습니다. 정말 많았습니다. 그들이 차량 다섯 대 정도에서 일제히 튀어나와서는 폭발지로 향했습니다. 그리고 총소리가 계속 들렸죠. 그때 사람들이 많이 죽었어요. 미 육군 출신인 나는 더 가까이 갔습니다. 그래서 그들이 대항해서 총격전을 벌이던 청부인들을 모두 죽이고, 검은색 벤츠에서 한 동양 남자를 끌어내는 것을 볼 수 있었죠. 그때 알 수 있었습니다. 다리를 폭발시키고 수많은 선량한 시민들과 청부인들을 죽인 이유가 바로 그 동양 남자를 납치하기 위해서였다는 것을요. 그 무자비한 자들은 동양 남자를 끌고 다리 밑으로 뛰어내렸습니다. 내가 본 것은 거기까지입니다."

"당신은 매우 용감하신 분이십니다. 인터뷰에 응해 주셔서 감사합니다."

카메라는 티그리스 강 위를 비췄다.

무너진 다리 잔해와 추락한 차량들, 그리고 보트를 타고 인근을 수색하는 인원들을 보여 주면서 아수라장이 되어 버린 그곳을 생생하게 보여 주었다.

이라크에 주둔 중인 미군과 이라크 경찰이 신 회장을 납치하여 도주한 무장 괴한의 뒤를 쫓고 있다는 설명이

잇따라 들려왔다.

"진욱 씨?"
"네."
"사람이 없는 곳으로 왔어요."
화장실이나 비상계단으로 자리를 옮겼는지, 김서연 비서의 목소리가 울려서 들렸다.

나는 계속 궁금하던 점을 묻기로 했다. 이 긴박한 상황에서 왜 내게 전화를 걸었는지 말이다. 그 점을 묻자 김 비서는 귀를 기울여야만 들을 수 있을 법한 매우 작은 목소리로 대답했다.

"평소에 회장님께서 그러셨어요. 회장님 신변에 무슨 일이 생기면…… 진욱 씨에게 바로 알리라고요."
"제게 말입니까?"
"네."
"그렇다면 회장님께선 이런 일이 생기실지 알고 계셨단 말씀입니까?"
"그런 것까지는 모르겠어요. 하지만 오래전부터 하시던 말씀이셔서……. 저는 회장님 말씀대로 일이 터지자마자 진욱 씨에게 회장님 말씀을 전한 거예요."

설마 필립 제입코스는 이 일을 예견하고 있었을까? 그래서 일성 투자 건을 회수한 것일까? 우연의 일치라기에는 시기가 절묘하게 맞아떨어졌다. 하지만 그가 이렇게 거대한 범죄에 가담하고 있을 거라는 생각이 들지 않았다.

 그가 어떠한 정보로 일성 투자를 철회했는지는 모르겠지만, 그의 예견은 정확히 맞아떨어졌다. 그에게 다시 접근하기도 힘들거니와 설사 묻는다고 해도, 그때 내게 대답했던 대로 반도체 시장의 약화라는 대답만 들려올 게 뻔했다.

 나는 우선 필립 제입코스는 뒤로 제쳐 놓고 현재에 집중하기로 했다.

 "일성에서는 이번 사건을 어떻게 파악하고 있습니까? 몸값 요구입니까? 정치적인 이유입니까?"

 "모르겠어요. 진욱 씨."

 김 비서가 겁을 먹은 듯한 말투로 대답했다. 나는 내 실수를 알아차리고 한결 차분해진 목소리로 말했다.

 "지금 무장 괴한들을 뒤쫓고 있다고 하니 지켜보기로 합시다. 바그다드 시가지에서 벌어진 일이니만큼 쉽게 도망칠 수는 없을 겁니다. 너무 걱정하지 마세요."

 하지만 불안한 예감은 어김없이 맞아떨어지고 말았다. 결과적으로 주둔 미군과 이라크 경찰은 무장 괴한을 붙잡는 데 실패했다. 몇몇 무장 괴한을 따라잡는 데 성공하기는 했으나 총격전에서 그들은 현장에서 사살되었으며 부상을 입었던 자들은 자결하였다.

정작 신 회장을 끌고 갔던 이들은 행적을 완전히 감췄다.

동이 틀 무렵.

주둔 미군과 이라크 경찰은 추격 실패를 인정하지 않고 있지만, 그렇다고 새로운 소식은 없었다. 새벽 중에 이라크 현지에서 벌어진 납치 사건을 급박하게 방송하였던 뉴스 채널들도 아침이 되자, 현지에 파견되어 있던 특파원 연결을 끊고 세계에서 신 회장과 일성그룹이 가지는 위치를 재조명하는 방송을 하기 시작했다.

일성그룹의 전자 사업 부분은 세계 브랜드 가치 순위에서 15위 권 안으로, 매출 면에서 이미 전년도에 세계 최대 전자 업체인 HP를 추월하였으며, 이번 이라크 전후 복구 사업 수주 성공에 일성그룹의 모든 사업 부분은 직간접적으로 얻는 이익과 기업 가치가 배 이상 향상되어 세계 시장에 더욱 강한 영향력을 행사하게 될 것이라는 설명들이 주를 이뤘다.

새삼스럽게 일성의 저력을 다시금 느낄 수 있는 기회였다.

"아무런 소식이 없습니까?"

"네."

"신 회장님을 납치한 무장 단체의 정체도 밝혀지지 않았습니까?"

"그런 것 같아요. 알아본 바로는 그쪽에서 어떠한 접촉 시도도 없는 것 같아요."

"이제 다섯 시간 지났을 뿐입니다. 너무 걱정 마세요. 천재지변에서도 살아남으신 분이십니다."

"그때는 진욱 씨가 있었으니까요. 하지만 그렇다고 해도 회장님께선 왜 진욱 씨에게 말을 하라고 했을까요? 그것도 기업 인사들에게 모두 비밀로 하고요……. 그 점이 전……"

"비밀로 하였습니까?"

"네."

"제가 진욱 씨와 접촉하고 있는 것은 아무도 몰라요."

"일성 내부에서 저를 꺼리는 분들이 많기 때문이겠죠. 비밀로 하는 게 좋습니다."

나는 신 회장의 의도를 알고 있었지만 모르는 척 말했다.

신 회장은 아주 일부분이지만, 내가 신비한 힘을 소유하고 있다는 것을 알고 있는 몇 안 되는 사람이다.

그래서 평소에 이러한 문제가 생겼을 때 신 회장은,

'다른 사람, 다른 기관이 해결하지 못할 일이라도 진

욱 군이라면 어떻게든……'
이라는 생각을 하고 있었을 것이다.
"그런데 회장님께선 이번에도 진욱 씨께서 구해 줄 수 있으리라고 생각하시는 게 아닐까요?"
"김 비서도 그렇게 생각하십니까? 그때는 저도 회장님도 운이 좋았습니다. 하지만 지금은……."
"네, 솔직히 말씀드려서 이런 소식을 전하는 게 매우 난감해요. 하지만 평소에 회장님께서 은밀히 남기셨던 일이라."
"아마도 회장님께서는 저를 행운의 상징으로 여기고 계셨던 것 같습니다. 회장님의 바람대로 저는 회장님을 위해 기도를 드려야겠습니다. 그전에 한 가지 부탁이 있습니다."
"네, 말씀하세요."
"이번 사건의 정보를 제게 주실 수 있겠습니까?"
"저는 접근 권한이 없어요. 지금 국내는 발칵 뒤집혔어요. 우리 일성 만의 문제가 아니게 됐어요. 대통령님까지 군 참모들과 함께 본사로 나오셨어요."
"네, 아무래도 그렇겠지요. 정보는 자세할수록 좋지만, 간략한 것이라도 상관없습니다. 너무 걱정이 돼서 그렇습니다. 사건 전말을 알고 싶습니다. 이해하시죠?"
"그럼요. 회장님께서는 평소에 진욱 씨를 아들 이상

으로 생각하셨어요. 그래서 그런 말씀을 남기신 것 같아요. 접근 권한은 없지만 입수하는 족족 연락을 드릴게요. 핸드폰이나 이메일로요. 그리고 진욱 씨. 너무 걱정 마세요. 진욱 씨 말씀대로 회장님께선 천재지변에서도 살아남으신 분이시잖아요."

"네, 알겠습니다. 그럼 연락 기다리겠습니다."

* * *

신 회장이 죽으면 일성은 무너지게 된다. 그가 죽으면 그의 여러 아들이 기업을 놓고 싸우는 과정에서 일성이 무너지게 되리라는 것은, 신 회장이 중국에서 실종되었던 전례를 상기해 보면 쉽게 알 수 있다. 하지만 일성의 흥망(興亡)은 나와 관계가 없다. 나는 신 회장이 안전하게 복귀하기를 바랄 뿐이다.

내 개인적인 이유와는 별개로 국가적, 기업적으로도 주둔 미군과 이라크 경찰, 혹은 한국 특공대가 신 회장을 구출하는 것은 차선책이다. 일성에서 테러리스트들에게 몸값을 지불하고 신 회장을 안전하게 건네받는 것이 최고의 시나리오인 것이다.

하지만 하루가 지나도록 이라크 무장 단체는 어떠한 성명도 발표하지 않았다.

테러리스트 조직이 세계적인 기업인을 납치했을 때는 이유가 있기 마련이다.

테러 조직의 운영을 위하여 몸값을 요구한다든지, 정치적인 이유로 이라크 내에서 미군을 철수시키라는 요구를 하기 마련이다. 그러나 그들은 어떠한 요구도 하지 않았다. 성명도 없고 접촉도 없었다.

비밀 루트를 통해서 일성이나 한국, 혹은 미국에 그들의 요구를 알렸을 가능성도 있다. 그런 경우엔 김 비서도 나도 알 수가 없다. 하지만 세계 언론에서 말하듯이 그것은 기존에 테러리스트, 특히 알카에다와 탈레반이 보여 줬던 모습들이 아니었다. 알카에다와 탈레반은 아랍권 내의 지지를 받고, 적에게는 공포심을 조장하고, 세계 여론이 움직이도록 성명을 발표해 왔다.

그렇지만 이번 경우엔 그 어떤 것도 없다. 무장 단체와 신 회장이 말 그대로 증발해 버렸다. 이를 반영하듯 미 언론들은 혼란스럽다(confused)는 말을 자주 입에 담았다. 나 역시 마찬가지였다.

한국에서 전화가 많이 왔다.

부모님은 물론이고 일성그룹으로부터 생계에 도움을 받은 친인척들은 내게 전화해서, 걱정스러운 말을 한마디씩 건넸다.

아버지는 너무 걱정하지 말고 학업에 전념하라고 하

셨지만, 자꾸만 신 회장의 전갈이 계속 신경 쓰였다.

신 회장은 나를 믿고 있다. 비록 일부분에 불과하지만 그래도 그는 이 세상에서 나의 비밀스러운 힘에 대해서 알고 있는 몇 사람 중의 한 명이었다.

김 비서를 통해 느낀 신 회장의 의중은 이렇다. 그는 자기의 신변에 문제가 생겼을 때, 그것이 기업의 힘으로 극복하기 어려운 일이라면 내가 그것을 해결해 주길 원한다. 그러면서도 내가 그로 인해서 세상에 드러나기를 원치 않는다. 그것이 내게 전한 그의 전갈을 일성 내부에는 비밀로 한 이유다.

김 비서에게도 특별한 말이 없었다. 그녀의 권한은 극히 적어서 기업 차원에서 도움을 줄 수 있는 일, 전세기 대여나 여권 발급, 그리고 정보 제공 같은 것을 약속하지 못했다. 일성그룹에 그러한 도움을 받아 신 회장을 구출하게 된다면 내 존재가 세상에 드러나게 될 위험이 있기 때문이리라. 내부 고발자들은 어디에도 있는 법이니까.

그래서 내가 이라크에 가야 한다면, 그 방편을 스스로 알아봐야 한다.

하지만 여행금지국가로 등재된 이라크에는 아무나 가지 못한다. 사업자, 정부 관계자, 군인, 용병으로 일컬어지는 청부인, 기자들 또한 미 정부의 인가를 받아야만 가능하다. 미국 대학으로 유학 온 한국 국적의 평범한 청년이 당장 이라크로 갈 수 있는 방법은 아무것도 없는 게 현실이다.

흑천마검과 함께 저쪽 세상의 힘을 소유한 채 넘어온 사람은 몇 가지 방법이 있을 수 있다.

흑천마검이 도와만 준다면 옥제황월을 죽였을 때처럼 공간을 가로지를 수 있다. 아니면 이라크에 갈 수 있는 인가를 받은 자를 해치우고 그의 얼굴을 한 채로 갈취한 여권을 내밀 수도 있다. 그러나 흑천마검이 아무런 이유 없이 내게 동조할 리 만무하고, 두 번째 방법은 도의적으로 옳지 않다.

그래서.

"너희가 알아볼 게 있다."

나는 팀과 알렉스에게 말했다. 둘은 신 회장이 납치됐다는 소식을 듣자마자 LA에서 내게로 날아왔다. 나와 일성의 관계를 알고 있기 때문이다.

"사부님께서는 신용운 회장을 구하실 생각이시군요."

팀이 말했다.

팀은 올 것이 오고야 말았다는 표정인 반면에 알렉스는 함께하겠습니다는 얼굴을 하고 있었다.

"아직은 아니지. 미국뿐만 아니라 한국에서도 신 회장을 구출하기 위해 여러 방면으로 노력할 테니까. 조금 지켜본 후에 양국이 해결하지 못할 것 같다면 그때 나설 생각이다."

"탈레반이나 알카에다입니까?"

알렉스가 물었다.

"모르겠다. 성명을 발표하지 않으니."

"그 둘이 아니라면 이라크의 여러 비밀 해방 조직 중 한 곳일 겁니다."

"내 생각도 같다."

"사부님에게는 형제들이 있지 않습니까?"

팀이 물었다.

그들이 이전부터 궁금해하던 '우리'에 관한 물음이기도 했다. 나는 표정 없이 고개를 저었다. 눈치 빠른 팀은 더 이상 묻지 않았다. 알렉스가 대신해서 입을 열었다.

"스승님, 그러면 저희가 알아볼 것은 무엇입니까? 이번 사건에 대한 정보입니까?"

"그것이라면 사부님께서 존을……."

팀이 말꼬리를 흐렸다.

"아니다. 확신할 수는 없지만, 일성 내부에서도 특별한 정보는 없었다. 일성을 통해 알기 어려운 것이라면, 너희가 알아본다고 해도 특별한 게 없을 테지."

"네."

"예."

"이라크로 향하는 항공편. 그 정도는 너희 위치에서도 알아볼 수 있을 것이다. 물론 나를 이라크로 보내 달라는 것이 아니다. 민간이든 군사 항공이든 관계없이 이라크로 향하는 비행기가 언제 어디에서 출발하는지만 알아오면 된다."

"그런 것이라면……."

팀이 천천히 고개를 끄덕였다. 그때 알렉스와 눈이 마주쳤다.

"스승님, 항공편에 잠입하실 생각이십니까?"

정말?

팀이 그런 눈으로 알렉스를 쳐다봤다. 알렉스가 팀에게 무언의 눈빛을 보내자, 팀이 날 보고 씩 하고 웃었다.

"군사 항공까지 알아보라고 하신 말씀, 감명 깊었습니다. 하지만 그러실 필요 없습니다. 그렇지, 알렉스?"

"그렇습니다, 스승님. 이라크로 가는 것이 문제라면 저희에게 맡겨 주십시오. 약간의 시간만 주신다면 저희가 사부님을 이라크로 모셔다 드리겠습니다."

둘은 이상하리만큼 자신감에 찬 어조로 말했다. 그렇게 확신하는 이유를 물었다.

그러자 팀이 대답했다.

"미 육군성에서 친절하게 모셔다 드릴 겁니다. 알코

올도 함께요."

"계속."

"그렇지 않아도 육군성에서 저희를 얼마나 귀찮게 하던지. 이라크에 한 번만 가 달라고 사정하는 게 그들입니다. 그동안 계속 이런저런 핑계를 대며 미루고 있었습니다."

"위문 공연 건입니다."

알렉스가 짧게 덧붙였다.

"육군성에선 잘못 알고 있는 게, 알렉스나 저나 이라크에 파병된 병사들만큼이나 애국자인 건 맞습니다. 하지만 중요한 건 알렉스도 저도 게이가 아니란 거죠. 그렇다고 여 병사들은 몇 명이나 되겠어요. 이라크의 햇빛에 그을린 검은 피부가 섹시하다는 사람도 있지만 저는……."

"스승님 성함을 저희의 스태프 목록에 올려놓겠습니다. 이틀 정도면 될 것 같습니다."

알렉스가 팀의 말을 중간에 가로채며 말했다.

"영화 일정에 차질이 생길 텐데?"

"육군성과 거래를 할 생각입니다. 육군성에서 허락만 한다면 그곳에서 찍을 수 있는 장면은 많습니다. 저희로서는 더 잘된 일입니다."

"이번에는 테러리스트와의 전쟁입니까?"

"팀."

알렉스가 말을 툭 내뱉었다.

"왜? 이번에야말로 우리도 사부님과 함께 적들과 싸울 수 있을지도 모르지. 그렇죠? 사부님. 맡겨만 주신다면 탈레반이든 알카에다든 저희가 다 해치워 버리겠습니다."

팀이 나를 쳐다봤다.

내가 웃어 보이자 팀도 환하게 웃었다. 하지만 이어서 고개를 젓자 그의 얼굴이 급격히 어두워졌다.

"날아오는 총탄을 보면서 피하고, 맞아도 죽지 않을 수 있을 때."

내가 말했다.

"사람이 그럴 수 있습니까?"

알렉스가 기다렸다는 듯이 물었다. 팀도 내 얼굴에 과녁을 붙인 것처럼 나를 뚫어져라 쳐다봤다.

"수련을 계속해라. 너희가 극성을 이루기만 한다면 총탄이 아니라 미사일이 날아온다고 해도 너희를 다치게 할 수 없을 것이다."

알렉스는 생각이 많은 얼굴로 고개를 숙였다. 그런데 팀이 뭔가 할 말이 있어 보였다.

"왜?"

내가 물었다.

"저…… 사부님."
"?"
"……핵."
"?"
"……핵도 가능합니까?"

*   *   *

 이틀이 더 지났다. 신 회장을 납치한 세력은 사흘 동안 깜깜무소식이었다. 그동안 감정에 기복이 없던 나였으나 이제 신 회장의 생사를 확신할 수 없다는 생각이 들면서 점점 초조해졌다. 계획했던 대로 팀과 알렉스의 스텝으로 위장하여 미 육군성에서 준비한 수송기에 몸을 실었다.
 "여러분은 메리에 탑승하셨습니다."
 미 육군 주임 원사 잭 존슨이 말했다. 그는 안경을 쓴 왜소한 흑인으로 목소리가 날카로웠다.
 "메리는 이라크에 파병된 우리 병사들의 연인입니다. 이라크에 있는 우리 병사들은 메리를 애타게 기다리고 있죠."
 "허슬러(Hustler: 미국의 유명 성인 잡지) 때문입니까? 원사님."

팀이 그렇게 말하자 스태프들이 웃음을 터트렸다. 주임 원사는 무신경한 얼굴로 팀을 바라보다가 그를 무시하기로 결정했는지 계속 말했다.

"메리에는 병사들에게 전달해야 할 위문품과 그들 가족의 편지, 선물이 실려 있습니다. 여러분도 그중 하나입니다. 이 점 절대 잊지 마십시오."

"주임 원사님!"

팀이 또다시 손을 들었다. 주임 원사는 그에게 발언권을 주지 않았지만, 팀은 개의치 않고 질문했다.

"이름으로 보면 메리는 여성이 확실한데 메리는 레즈비언입니까?"

나는 주임 원사의 이마에 힘줄이 돋는 것을 발견했다.

"이라크에는 남자 병사만 있는 게 아니지 않습니까. 여자도 있지요, 그렇죠?"

"무슨 말씀을 하시려는지 압니다만, 메리에 탑승하신 것을 영광으로 생각하십시오."

"아아, 죄송합니다. 생각해 보니 레즈비언이 아니었군요. 메리는 바이섹슈얼(bisexual: 양성애자)이겠군요. 아아, 그렇군요. 정말 죄송하게 되었습니다, 원사님."

팀이 그렇게 말하며 낄낄 웃었다. 그 주변의 스태프들도 남녀 불문하고 킥킥대기 바빴다.

"저는 원사가 아니라 주임 원사입니다."

주임 원사는 간신히 화를 억누르는 것 같았다.

한편, 알렉스는 이런 상황이 매우 익숙해 보였다. 그는 좌석을 한껏 젖히고 누운 다음 헤드폰을 쓰고는 눈을 감아 버렸다.

주임 원사는 그의 후임에게 팀을 떠맡겼다. 주임 원사가 사라지자 그의 눈치를 살피고 있던 병사들이 팀에게 접근했다. 같이 사진을 찍고 사인을 해 주길 원했다. 그리고는 주임 원사에게 한 방 먹여줘서 고맙다면서 조용히 속삭였다.

팀은 순식간에 수송기 병사들과 친해졌고, 알렉스는 눈을 감은 채로 잠이 들었다.

"그건 뭐죠? 소중히 다루시던데요. 마치 애인처럼."

빠른 속도로 사진을 찍고 사인을 해 준 팀이 내게 다가와 물었다. 나는 팀의 시선이 맺힌 좌석 우측을 흘깃 쳐다봤다. 검은 천에 돌돌 싸인 흑천마검이 그 자리에 있었다.

이라크에서 얼마나 머물지 모르기 때문에 흑천마검을 할렘에 놓고 올 수 없었다. 내가 없는 사이, 흑천마검이 무슨 일을 저지르면 수습하기 힘들 것이다.

"저주를 믿나?"

"저주요?"

팀의 미간이 살짝 찌푸려졌다.

"이제는 믿지 못할 게 없습니다. 그러고 보면 톰 크루즈와 제니퍼 로페즈는 불쌍한 사람들이죠. 믿어야 할 대상은 따로 있는데, 믿음의 대상을 지구 밖에서 찾으니까요. 그런 점에서 저는 행운아입니다."

팀이 강한 신뢰의 눈빛을 보냈다.

"그러니까 저주를 믿는다?"

"저주도 존재하겠죠. 그건 왜……?"

"그렇다면 이 물건을 가까이하지 않는 게 좋아. 제대로 저주받은 물건이거든."

팀의 얼굴이 파르르 떨렸다.

"위……험하진 않습니까?"

"위험하기 때문에 내가 지니고 있는 거지."

그는 내 말을 철석같이 믿고는 으으, 하는 입 모양과 함께 한 발짝 뒤로 물러섰다.

* * *

바그다드국제공항에 도착할 무렵, 주임 원사 잭 존슨이 우리에게 꼭 알아야 할 사항이라며 입을 열었다. 그는 우리에게 세뇌시키기라도 하듯 여러 가지 당부 사항을 강한 어조로 반복해서 말했다.

바그다드국제공항에 도착하자마자 그린 존(Green Zone: 바그다드 안의 미군 경계 지역)로 향하게 되는데 공항에서 그린 존까지 걸리는 시간은 10분이라는 것, 그리고 그 10분은 우리가 인지했는지 인지하지 못했는지에 상관없이 일생에서 가장 위험한 시간이 될 것이라는 강력한 경고였다.

병사들의 표정이 바뀌었다. 팀과 농담을 주고받던 그들이었으나 일순간 침묵하며, 눈빛만으로 주임 원사와 같은 경고를 우리에게 보냈다. 줄곧 농담을 건넬 타이밍만을 재고 있던 팀 역시 이 순간만큼은 입을 다물었다.

주임 원사는 그린 존까지 가는 행로에서는 모든 것이 테러의 위협이라고 말했다. 도로에 버려진 박스, 노인이 운전하는 느릿한 차량, 한쪽 팔을 잃어 불쌍하게 보이는 아이들, 깔끔한 슈트를 입은 택시 운전사, 모두 다 테러리스트라고 몇 번이나 소리 높여 말했다. 그간 대수롭지 않다고 여기는 것들로 인해 수많은 이들이 IED(improvised explosive device: 급조 폭발물)에 목숨을 잃었다는 것이다. 특히 바그다드공항에서 그린 존까지 가는 도로는 IED 길이라고 불릴 만큼 IED 테러가 빈번히 일어나는 곳이었다.

"하지만 우리 병사들이 당신들을 안전하게 그린 존까지 후송할 것입니다. 내가 이렇게 당부 드리는 이유는 마음의 준비를 해 두라고 말씀드리기 위해서입니다. 우리는 바그다드공항부터 그린 존까지 속도를 줄이지 않고 달릴 겁니다."

주임 원사가 계속 말했다.

"전속력! 우리는 그렇게 질주할 것입니다. 우리의 속도를 늦추는 장애 요인은 모두 제거될 것입니다. 이 점 미리 말씀드립니다. 제거된 장애 요인들이 테러리스트일 수도 있고 바그다드의 평범한 시민일 수도 있습니다. 어쨌든 여러분이 탄 차량의 속도를 늦추는 장애 요인은 테러리스트로 간주합니다. 그런데 그러한 질주 과정에서 IED 테러가 일어나지 않는다면, 여러분은 우리 병사들을 부도덕하다고 손가락질할지도 모릅니다. 절대 그러지 마십시오. 여러분을 후송한 차량의 속도가 느려지는 순간 여러분은 죽은 목숨입니다. IED가 터지고 저격수의 총알과 슈루탄이 날아들었을 때는 후회해도 늦습니다. 아시겠습니까?"

전라북도 김제에 공항이 있다. 신공항 사업이라고 해서 공항이 들어설 때만 해도 떠들썩했는데, 불과 몇 년이 지나지 않아 사용되지 않는 버려진 공항이 되고 말았다. 바그다드공항은 국제공항이라는 이름과 달리 김제 공항을 연상케 했다. 들어오고 나가는 비행기 기체

수가 워낙 적었기 때문이다.

 공항 안은 유령 공항의 모습답게 무척 한산했다. 인텔리로 보이는 이라크인과 사업차 온 외국인들은 반반의 비율이었는데 그 수가 적었다.

 미 육군 수송기에서 내린 우리는 그 적은 사람들의 관심을 한 몸에 받았다. 그런데 자동화기를 소지한 병사들이 우리를 호위하는 순간, 행여나 반군으로 오인받을지도 모른다는 두려움 때문일까, 이라크인들은 의식적으로 우리에게서 시선을 돌렸다. 병사들 또한 보란 듯이 총기를 감추지 않았다.

 우리는 공항 외부 터널로 이동했다. 그곳에 여러 대의 군용 차량이 준비되어 있었다.

 "내 자리는 저기."

 팀이 알렉스에게 말했다. 알렉스는 팀이 가리킨 경기관총 사수 자리를 쳐다봤다. 군용 차량에는 하나도 빠짐없이 경기관총이 달려 있었으나, 아쉽게도 그 자리는 팀을 위한 것이 아니었다. 베테랑 사수들이 차량 옆에서 우리를 기다리고 있었다. 주임 원사는 그들에게 우리를 인계했다.

 팀과 알렉스, 그리고 나는 그들의 지시대로 가운데 차량에 탑승했다. 운전석과 보조석, 그리고 경기관총 사수 자리는 미 육군 병사 셋이 차지했다.

"타깃 이즈 화이트 하우스. 잘 봤습니다. 팀, 이라크 반군들도 그 영화를 봤다면 좋겠군요. 그렇다면 팀을 공격하지 않을 테니."

운전석의 병사가 말했다. 그러자 보조석의 병사는 알렉스의 최근 상영작 몬타나를 언급했다.

그것이 다였다. 그들은 그것을 끝으로 입을 다물었다. 수송기 내에서처럼 팀과 알렉스에게 사인 요청을 하지 않았다.

사이드미러를 보니 운전석 병사는 전장에 투입되는 노병의 얼굴을 하고 있었다. 나는 그들이 잔뜩 긴장하고 있다는 것을 느꼈다.

"여기는 울프 A5, 전원 준비를 마쳤다."

운전석 병사가 무전기에 대고 말했다.

"여기는 울프 A1. 정확히 3분 뒤에 출발을 하겠다."

전자기 잡음과 함께 답신이 들려왔다. 또다시 3분의 침묵이 이어졌다.

팀은 침묵을 참지 못하는 편이다. 엄숙하리만큼 무거워진 분위기가 마음에 들지 않았는지

"음악이라도 틀고 가죠."

라고 운전석 병사에게 말했다.

하지만 어떠한 대답도 들려오지 않았다. 무안해진 팀은 실없는 웃음과 함께 알렉스를 쳐다봤다. 알렉스는

한심하다는 듯한 표정을 지은 뒤 창 밖으로 시선을 돌렸다. 잔뜩 긴장한 병사들과 달리 팀과 알렉스는 표정에 여유가 있었다. 그들이 소유한 힘을 믿는 것은 좋지만, 과신은 금물이다. 나는 이 점을 알려 주기 위해 팀과 알렉스에게 경고의 눈빛을 보냈다.

이윽고 차량이 움직이기 시작했다. 우리는 이라크 시민들의 접근이 허용되지 않은 공항 외곽 출구 쪽으로 나아갔다. 바리케이드는 선두 차량이 열어 두었다. 팀이 열린 바리케이드 옆에서 거총 자세를 하고 있는 병사들에게 손을 흔들었다. 이상한 것은 공항 외곽 출구를 지키고 있는 자들은 미군이 아닌 동양계 사람들이라는 점이었다. 팀이 그 점을 보좌석 병사에게 물었다.

"네팔에서 온 사나이들입니다."

병사는 짧게 대답하고 앞만 주시했다. 팀이 또다시 보좌석 병사에게 질문을 던지려고 하자 알렉스가 뇌까렸다.

"구르카(Gurkha), 네팔의 용병 부대."

"알아?"

"타깃 이즈 화이트 하우스, 거기서 네 동료 킴을 처치한 이가 구르카 부대의 용병 대장이다."

"그랬어?"

"그랬지."

순간 웃음이 터져 나올 뻔했으나, 엄숙한 미 육군 병사들을 생각해서 속으로 삭였다.

외곽 출구를 빠른 속도로 통과했다. 창밖, 제일 먼저 시선에 들어온 것은 오래전에 폭발 사고가 있었음에도 불구하고 치워 놓지 않은 여러 대의 차량들이었다. 그리고 옆 차선에는 총탄 자국들이 쉬지 않고 보였다.

우리가 탄 차량은 시속 80킬로미터쯤으로 추정되는 속도로 힘차게 달려 나갔다. 이미 차량 통제를 해 놓았는지 도로 위를 달리는 차는 우리들밖에 없었다.

"여기는 A1, B포인트를 통과한다. 전원 위치를 지켜라."

몇 분 지나지 않아서였다.

"여기는 A5, 알았다."

차가 서서히 오른쪽으로 움직였다. 고개를 살짝 내밀어 앞을 보니, 우리의 특별 도로에 바그다드국제공항에서 뻗어 나온 일반 도로가 합쳐지는 장면이 보였다.

선두 차량이 이라크인들이 모는 일반 차량 틈으로 끼어들기 시작했다. 정확히 말하자면 밀어붙였다. 지금껏 달려온 속도를 조금도 늦추지 않고 차선을 변경하는 통에, 그 차선에서 주행하고 있던 차량의 옆면을 그대로 받아 버렸다.

쾅, 하고 커다란 접촉 사고 소리가 났다. 미 육군의 장갑 차량과 부딪친 일반 차량은 옆으로 나가떨어져 가드레일과 충돌했다. 수송기 안에서 주임 원사가 말했던 '부도덕해 보일지도 모르는 일'을 목격하는 순간이었다.

"와! 우······."

팀이 소리를 질렀다가 알렉스의 눈총에 말꼬리를 흐렸다. 주임 원사가 말했던 대로 미 육군 차량은 브레이크 나사를 빼놓은 것처럼 도로 사정을 봐주지 않았.

스쳐 지나가면서 가드레일과 충돌한 차량의 운전자를 볼 수 있었는데, 그는 분노가 가득한 얼굴로 우리를 노려보고 있었다. 그는 얼굴을 구기는 것 외에는 다른 방식으로 분노를 표출할 방법이 없는 것 같았다. 미 육군 병사들은 이러한 상황이 늘 있는 일이라는 듯이, 미안해할 일이 아니라는 듯이 이라크 시민에게 관심조차 주지 않았다.

쯧.

나는 쓴 입맛을 느끼며 자세를 바로 했다. 바로 그때 무전기에서 소리가 들렸다.

"여기는 A10, 후미에 택시가 달라붙었다. 떼어 놓겠다."

무전이 끝나기 무섭게 두두두 하고 경기관총 소리가 시끄럽게 울렸다.

조용하던 알렉스도 그 순간만큼은 소리가 들리는 뒤편으로 고개를 돌렸다. 나도 고개를 돌렸지만, 우리 뒤쪽으로 줄지어 달려오는 육군 차량들에 의해서 A11호의 상황은 보이지 않았다.

"죽였습니까?"

내가 물었다.

"경고 사격입니다. 그래도 접근하면 반군으로 간주됩니다. 다시 접근하지 않기를 바라십시오. C4(군사용 플라스틱 폭약)는 총알이 스치기만 해도 폭발합니다."

보조석 병사의 말은 즉, 택시에 C4가 실려 있을 가능성이 있다는 것이다.

나는 고개를 끄덕였다. 바로 며칠 전에 이라크 무장단체가 다리를 폭파시키고 세계적인 기업인을 납치했던 사건을 생각해 보면, 반군을 향한 병사들의 경계심은 당연할지도 모른다는 생각이 들었다. 또한, 미 병사들의 그러한 경계심은 이라크에서 테러가 빈번하게 일어나고 있다는 경험적 증거이기도 했다.

그래서 병사들은 이라크를 더 이상 모래 상자(Sandbox)라고 부르지 않는다. 최근 그들에게 이라크는 'I.D.E'라고 불린다. 급조 폭발물을 일컫는 IED에서 유래하였는데, I는 이라크(Iraq), D는 죽음(Death), E는 폭발(Explosion)을 뜻했다.

제 8장
그린 존
(Green Zone)

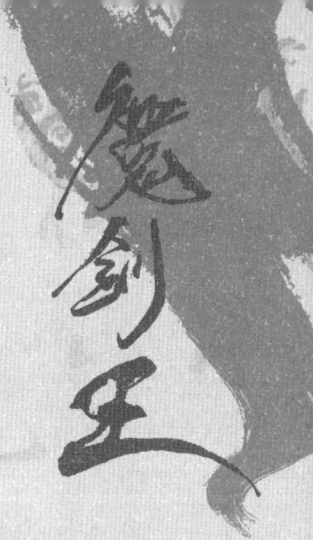

 티그리스 강이 아련히 보일 무렵, 주거 밀집 지역으로 들어왔다. 우리 차량은 처음 예고한 대로 시가지로 진입한 이후로도 속력을 줄이지 않았다. 운전하던 이라크 시민들이 놀라서 반대편 차선 혹은 인도 쪽으로 방향을 틀었다. 그러는 도중에 위태위태한 장면이 여러 번 연출되었다.

 "핸드폰을 쥔 사람을 지켜보세요. 그들은 모두 위험 요소입니다."

 문득 보조석 병사가 입을 열었다.

 "만약 그들이 반군이라면 핸드폰 버튼을 누르는 순간 우리는 하늘로 치솟아 오를 겁니다. 반대로 우리의 저격수가 반군을 먼저 발견하면 그들의 머리가 날아가겠지만 말이죠. 여러분들이 아시는 것과는 달리, 이곳에서 우리의 전쟁은 끝나지 않았습니다. 절대 명심하십시오."

보조석 병사는 말을 하면서도 계속 밖을 주시했다. 그러나 수송기 내부에서 이미 주임 원사에게 들었던 말이었다.

핸드폰을 쥔 사람을 찾기 위해서였을까, 팀이 창밖으로 고개를 빼려던 그 순간이었다. 어떻게 알았는지 보조석 병사가 큰 소리로 팀을 저지했다.

"멈춰요! 그 잘생긴 얼굴에 큰 구멍이 나면 볼만하겠습니다. 팀, 이곳은 킬 존(Kill Zone)입니다. 그린 존에 들어가기까지 가만히 있으십시오. 제발!"

팀이 어깨를 으쓱해 보인 뒤 창문을 닫았다. 팀이 보조석 병사의 눈치를 보며 입을 다물자 차 안에 정적이 찾아왔다. 나는 가만히 앉아 창밖을 구경했다.

비록 전쟁을 겪었다지만 여전히 한 나라의 수도라는 것을 입증하기라도 하듯 도로 상태가 좋았고 주거 건물들의 상태도 양호했다. 건물들은 대체로 황토색이었으며 낮은 편이었다.

도로변에는 띄엄띄엄 야자수가 심어져 있었다. 공을 차고 노는 아이들과 상가 가판대에 진열한 상품들을 정리하는 이라크 여성들도 보였다.

 적어도 지금 이 순간 밖의 풍경만큼은 지극히 평온한, 바그다드의 여느 평범한 날 중의 하나에 불과한 것 같았다.

 그런 내 생각에 채찍질을 하기로 한 듯 갑자기 무전기에서 큰 소리가 터져 나왔다.

 "여기는 A1, 우측 녹색 간판 2층에서 저격수를 발견했다."

 보조석 병사가 우리에게 고개를 숙이라고 명령하다시피 말했다. 저격수를 두 눈으로 직접 보고 싶었다. 하지만 우리는 병사가 시키는 대로 해야 했다.

 우리가 고개를 숙인 그 순간, 마치 기다렸다는 듯이 기관총 소리가 요란하게 울리기 시작했다. 우리 앞 차량의 기관총 사수들이 적을 향해 방아쇠를 당기고 있는 모양이었다. 우리의 사수도 그 소란에 합류했다. 바로 위에서 고막을 찌르는 시끄러운 소리가 멈추지 않았다. 알렉스와 팀이 뭐라고 중얼거렸지만, 우리 사수의 기관총 소리에 완전히 파묻혔다. 그 소리만으로도 압력이 밀려왔다.

 이윽고 기관총 소리가 그쳤다. 그제야 고개를 들어도 좋다는 소리가 들렸다.

 우리는 다 같이 창밖을 쳐다봤다.

저격수가 발견되었던 곳을 쉽게 찾을 수 있었다. 그곳은 그야말로 벌집이 되어 있었기 때문이다.

그동안 억지로 우리를 외면하고 있던 바그다드 시민들이 갑작스러운 소동에 놀라 소리를 지르며 도망치는 장면도 함께 시선에 들어왔다. 저격수에게 노출된 건 우리였지만, 정작 우리는 무법자가 된 듯한 기분을 받았다. 팀과 알렉스가 그리 석연치 않은 표정으로 입맛을 다셨다.

"우리를 노린 겁니까? 우리의 정보가 그새 이라크 반군들에게 흘러 들어간 것입니까?"

알렉스가 보조석 병사에게 물었다.

"확답은 드릴 수 없습니다. 분명한 건 저들은 우리와 민간청부인들이 호송하는 차량을 발견하면 공격부터 하고 본다는 것입니다. 어쨌든 아직 안심하긴 이릅니다."

잠시 뒤, 옆면으로 단호한 눈빛을 비춘 보조석 병사가 천장을 손바닥으로 쳤다.

천장 쪽, 기관총 사수 자리에서 소리가 들려왔다.

"더 발견된 저격수는 없습니다. 곧 C포인트로 진입합니다."

그들이 C포인트로 명명한 곳은 티그리스 강을 건너는 여러 다리 중 한곳이었다. 그린 존 인근 다리(Bridge near Green Zone)라고 친절하게 적힌 영어 표지판이 다리 입구에 세워져 있었다. 창밖 멀리 또 다른 다리가 보였다. 다리 중간 부분이 완전히 무너져 버린 것을 보고, 나는 그 다리가 신 회장이 납치되었던 시낙 다리(Sinak Bridge)인 것을 알 수 있었다.

저곳이지요?

나와 마찬가지로 시낙 다리를 발견한 팀과 알렉스가 내게 눈빛을 보냈다. 나는 고개를 끄덕였다.

바로 며칠 전에 인근 다리에서 큰 폭발, 납치 사건이 있었던 탓에 병사들은 마지막까지 주의를 집중했다. 이윽고 우리는 다리 끝까지 도착했다.

4미터 높이의 T자형의 거대한 콘크리트 방호벽이 우리를 맞이했다. 그린 존과 그린 존 밖을 구분짓는 그 거대한 콘크리트 방호벽은 눈살을 찌푸릴 만큼 상당한 위화감을 조성하고 있었다. 거기다 소총으로 무장한 이라크 병사들이 진입하는 차량을 엄격하게 통제하고 조사하는 모습은 마치 '이곳에는 불순분자와 천민들은 들어올 수 없다'라고 말하고 있는 듯했다. 반면에 우리 차량은 운전석 병사가 초소 병사에게 손을 흔드는 것만으로 통과할 수 있었다.

본래 몇 년 전에 이 T자형 방호벽(T-Wall)은 철거되었으나, 최근 들어 그린 존 내부에서 테러가 발생하고 있고 바로 며칠 전에 그린 존 진입 다리에서 세계적인 기업가가 납치되는 사건까지 터지는 바람에, 이라크 정부에서 매우 빠르게 T자형 방호벽을 부활시켰다는 것이다.

보조석 병사가 그렇게 설명하면서 T자형 방호벽(T-Wall)을 진즉 부활시켰어야 했다고 툴툴거렸다. 그러고 보니 보조석 병사는 툴툴거릴 정도로 긴장이 풀린 것 같았다.

"여깁니까?"

내가 밖을 바라보며 물었다.

"그린 존에 오신 것을 환영합니다."

병사가 갈라진 목소리로 대답했다. 십여 분에 불과하였지만, 우리를 후송했던 병사들은 열 시간 이상 임무 수행을 한 것처럼 피곤한 기색이 역력했다. 그 10분 동안 그들이 발휘할 수 있는 모든 감각을 총동원하여 사방을 경계하였으니 그럴 만하다는 생각이 들었다.

나는 다시 창밖으로 시선을 돌렸다.

이라크 정부 청사, 외국계 은행, 마사지 시설, 외국 대사관, 나이트클럽, 고급 식당, 호화 수영장들이 밀집한 바그다드의 핵심 지역인 그린 존.

그곳은 지난 10분간 본 이라크가 아니었다. 그린 존은 그린 존이지 이라크가 아니다. 단지 다리를 건너서 T자형 방호벽을 통과했을 뿐인데 갑자기 건물들이 눈에 띄게 높아졌으며 거리를 걷는 사람들의 의복도 깨끗하고 고급스러웠다.

팀도 그린 존이라는 이름의 오아시스 같은 광경에 와우 하고 짧은 감탄사를 흘렸다. 긴장을 푼 보조석 병사가 우리 쪽으로 몸을 돌리며 씩 웃었다.

"브라운 상등병입니다."

보조석 병사가 우리에게 악수를 건넸다. 우리와 악수를 한 그는 절대 열지 않을 것만 같았던 보조석 창문까지 열었다. 이라크의 건조한 겨울바람이 차 안으로 들어와 긴장감으로 짓눌려 있던 분위기를 풀어 헤쳤다.

* * *

우리는 고급스러운 정원을 지나쳐 파란 돔을 얹은 크고 웅장한 건물 앞에서 내렸다. 과거에는 후세인의 왕궁으로, 전쟁 중에는 연합군 임시 행정처(CPA)로, 현재는 이라크 정부 청사로 그 이름과 역할이 바뀐 곳이다.

팀과 알렉스가 그린 존 임시 신분증을 발급받기 위하여 이라크 정부 청사에 방문할 것이라는 사실이 이미 알려져 있었다. 청사 직원들이 아치형의 정문으로 마중 나와 우리를, 정확히는 팀과 알렉스를 환영했다. 그들 덕분에 나는 신분증 발급 수속을 빠르게 마칠 수 있었다. 물론 팀과 알렉스는 절약한 시간만큼이나 사인을 하고 사진을 찍어야 했다.

 그런 일련의 절차를 끝낸 뒤 우리는 스태프진과 떨어져 호텔로 향했다. 이라크 정부 청사에서 걸어서 15분 정도 떨어진 거리에 있는 알 사마드 호텔은 그린 존뿐만 아니라 전 이라크 내에서도 최고의 호텔로 평가를 받는 곳이다.

 팀은 이번에도 최고 호텔을 고집했고, 알렉스는 팀의 그런 결정을 환영했다.

 팀과 알렉스가 내가 묵을 방으로 모였다.

 "너희 덕분에 편히 올 수 있었다."

 내가 말했다.

 "여긴 어처구니가 없는 곳입니다."

 알렉스는 창문 밖을 바라보고 있었다. 유리창에 얼굴을 찌푸리고 있는 알렉스의 표정이 비쳤다.

 티그리스 강을 경계로 안쪽인 그린 존 구역은 잘 정비된 도로와 깨끗한 외벽의 고층 건물들이 즐비하고 그 건물들에 속한 고급스러운 시설들이 있었다. 반면에, 강 바깥쪽은 지저분한 거리와 지은 지 오래되어 금방이라도 무너질 것 같은 단층 건물들이 빼곡하게 들어차 있었다. 흡사 쓰레기 더미를 연상시켰다.

 그러한 그린 존의 안팎의 모습이 빈민가에서 성장한

알렉스의 기분을 상하게 만든 게 분명했다.

"텍사스 카우보이(Texas Cow Boy: 조지 부시 전 미국 대통령의 애칭)의 작품이지."

팀이 알렉스의 어깨에 손을 올리며 말했다.

"미국은 잘못하고 있습니다."

"너도 미국의 애국 시민이야. 네가 내는 세금이 얼마나 많은지 알고 있어? 우리가 낸 세금 일부분이 저 콘크리트 방호벽을 세우는 데 들어갔지."

팀이 말했다.

알렉스는 씁쓸한 표정과 함께 내 쪽으로 몸을 돌렸다.

"저희가 도와드릴 일은 정말 없습니까? 스승님."

알렉스가 내 쪽으로 몸을 돌렸다.

"저희도 함께하고 싶습니다."

알렉스와 팀이 내 앞으로 다가왔다. 나는 담담히 고개를 끄덕였다. 물론 일선에서 함께할 수는 없겠지만, 이 둘이 뒤에서 나를 도와줄 수는 있는 방법이 있다.

팀과 알렉스는 내게 제일 부족한 것을 가지고 있다. 바로 인맥. 대중들에게 사랑받는 둘은 큰 경계를 받지 않고 그들의 세계로 들어갈 수가 있다. 백악관에서 파견 나와 이라크 정부 청사에서 근무하는 직원, 사업차 방문한 기업인과 비서, 그 기업인을 경호하는 민간 청부인, 그들 대부분은 팀과 알렉스와 사진을 찍어 그들의 페이스북에 업로드하길 원한다.

"검, 신용운 회장 납치 사건에 관한 정보라면 어느 것이든 좋다. 무리하지 말고, 네가 알아 올 수 있는 한도까지 입수해 오도록."

"예! 사부님."

팀이 눈동자를 빛냈다.

"권, 너는 검을 도와 정보에 등장한 인물들에 대해서 상세히 알아 오도록. 가능하면 사진이 첨부되어 있으면 좋다."

"계약이 만료된 민간 청부인들이 많습니다. 대부분이 특수부대에서 전투 경험이 있고, CIA의 특수공작국에서 나온 이들도 많다고 합니다. 그들의 도움을 받아도 됩니까? 스승님."

알렉스가 신중한 얼굴로 물었다.

"마찬가지다. 무리하지 않는 선에서, 우리가 관여되어 있다는 사실이 알려지지 않는 선에서라면 도움을 받아도 좋다."

* * *

팀과 알렉스가 나간 뒤, 나는 준비해 온 슈트로 갈아입고 호텔 로비로 나왔다. 근사하게 차려입은 백인 남성과 모델 같은 여성들이 자주 보였다.

 로비 서쪽 문으로 나오자 호텔 야외 수영장이 나왔다. 이라크의 따가운 겨울 햇빛을 가리기 위한 돔이 설치되어 있었고, 수영장 안의 물은 따뜻하게 데워져 있었다.

 수영장 안에는 비키니를 입은 여인들의 깔깔거리는 웃음소리가 계속해서 들렸다. 남성들 대부분이 백인이지만 여성들은 유러피언, 아프리칸, 아랍계 등으로 다양했다. 튜브 위에선 백인 남성이 두 명의 아랍 여인을 껴안고선 키스를 하고 있었다.

 절로 고개가 저어진다. 나는 눈살을 찌푸리며 화장실로 향했다. 화장실에는 아무도 없었다.

 화장실 문을 잠갔다. 그런 다음 거울 앞에 서서 맨해튼의 거리에서 본 한 백인 남성의 모습을 떠올렸다. 그는 월 스트리트에서 종사하는 백인 엘리트의 대표적인 이미지를 가지고 있었다. 나이는 삼십 대 후반, 체격은 나와 비슷하고, 푸른 눈이 매력적인 사나이였다. 그 이미지에서 조금만 변형시켰다.

 우드득. 드드득.

 새롭게 짜 맞춰지는 뼈 소리가 요란하게 울렸다.

 우드득.

 역용을 할 때마다 느껴지는 이질적인 통증은 절대 익숙해지지 않는 것이었다. 역용을 마친 나는 그로 변했다. 나는 이 가상의 인물에게 '고든'이라는 이름을 붙이고, 월 스트리트에서 헤지 펀드를 운용하는 유능한 투자가라는 신분을 선사했다. 대리석 바닥을 걷자 구둣발 소리가 경쾌하게 들리기 시작했다.

그길로 호텔에서 나와서 이븐으로 향했다. 이라크 정부 청사에서 임시 신분증을 발급받을 때 이븐이라는 이름이 직원들 사이에서 자주 거론되었기 때문이다.

위문 공연 외에도 영화 촬영을 위해 내방했다는 팀의 설명을 들은 그들은, 그린 존 외부는 치안이 불안정하기 때문에 민간 청부인들을 고용해야 한다고 말했다. 그러면서 한 가지 팁을 알려 주었다. 블랙 워터(Black Water)와 같은 민간 보안 업체와 직접 계약을 하면 비용이 상당하지만, 그들 업체를 따라서 이라크로 들어왔다가 계약이 만료되어 대기하고 있는 청부인들을 직접 고용하면 큰 비용을 절감할 수 있다는 것이다. 바로 알렉스가 말했던 부분이기도 했다.

호텔 로비에 비치되어 있던 그린 존 안내 지도를 가지고 이븐을 찾아갔다.

그곳은 티그리스 강물을 끌어다가 정원을 아름답게 꾸며 놓은 곳으로, 외관만으로는 주점 같지 않았다. 사나이들의 거친 웃음소리가 들리지 않았다면 비싼 입장료를 내고 들어가야 하는 관광지에 왔다고 착각했을 것이다.

거친 웃음소리를 따라 걸었다.

파란 파라솔들이 보이기 시작했다. 바람막이를 걸친 남자들이 그곳에 앉아 술을 마시고 있었다.

수십 개의 선글라스가 일제히 내 쪽으로 향했다. 이들 청부인에게 선글라스는 일종의 유행인 것 같았다. 물론 이라크의 따가운 겨울 햇빛을 가리기 위해선 필요할 테지만, 그들은 서로 경쟁하기로 하듯 값비싸 보이는 선글라스를 착용하고 있었다.

그들 파라솔 옆에는 두툼한 하이킹용 배낭이 아무렇게나 놓여 있었고, 그 옆에는 각종 자동화기와 전술 장비들이 비스듬히 세워져 있었다. 청부인들의 의복은 대개 비슷했다. 검은색 망사로 만든 다용도 조끼를 착용한 그들이 모여 있는 곳은 어둡고 칙칙했다.

적당한 자리를 골라 앉았다. 텔레비전이 잘 보이는 곳이었다. 주점 야외 정원에는 대형 LCD 텔레비전 3대가 보기 좋은 자리에 위치해 있었다. 한 대는 폭스 뉴스 방송을, 한 대는 알자지라 방송을, 다른 한 대는 포르노에 가까운 외설적인 방송을 틀어 놓았다.

"안녕하세요."

짧은 차림의 백인 웨이트리스가 다가왔다.

그녀가 메뉴판을 건네줬다. 물가 비싸기로 유명한 맨해튼보다 훨씬 비싼 가격이다. 아메리카노 한 잔이 15달러고, 버드와이저 한 캔이 10달러라니, 나는 할 말을 잃어버렸다. 내색하지 않고 따뜻한 아메리카노를 시켰다.

아메리카노를 천천히 마시고 있을 때, 한 남자가 내게 어슬렁어슬렁 걸어왔다.

민머리에 왼쪽 어깨에는 큼지막한 해골 문신을 하고, 오른쪽 어깨에는 부대 마크로 추정되는 문신을 한 자였다. 그는 전쟁 영화에서 툭 튀어나온 용병다운 모습이었다.

"안녕하십니까."

외모와는 달리 어투는 꽤 정중했다.

"합석해도 되겠습니까?"

나는 고개를 끄덕였다.

"로컨 토머스입니다."

"고든입니다."

"유럽에서 오셨습니까? 고든 씨."

그가 내 영어 발음을 의식하고 물었다.

"뉴욕에서 왔습니다만, 무슨 일이시죠?"

"무슨 일이긴요. 사나이를 찾고 계신다면 멀리 있지 않다는 것을 알려 드리고 싶어서 온 거죠."

"저도 그렇게 생각합니다."

내 말에 로컨이 빙그레 웃으면서 자리에 앉았다. 나는 그를 위해서 맥주를 시켰다.

"사정이 있어서 보안 업체와 계약을 해지하게 되었습니다. 조만간 그린 존 밖으로 나갈 일이 있습니다만, 저를 경호해 줄 마땅한 사람을 찾지 못하고 있었습니다."

로컨은 최대한 부드러운 미소를 지으려고 노력하고 있었다.

"이라크에는 처음이십니까?"

"그런 셈입니다."

"무장 경호인 없이 그린 존 밖으로 나간다는 것은 심장에 사격 표지판을 붙이고 다니는 것과 같습니다. 바그다드 안이라고 해도 마찬가지입니다."

"잘 알고 있습니다. 더군다나 바로 며칠 전에는 신 회장이 납치되는 불미스러운 일도 있었죠. 그것이 제 발걸음을 늦추는 큰 이유 중 하나입니다."

로컨이 기다렸다는 듯이 '일성' 하고 어눌한 발음으로 말했다.

"아시다시피 탈레반, 알카에다, 기타 등등 조잡한 녀석들 모두가 '죽은 엘비스' 때문에 화가 많이 난 상태입니다."

"엘비스?"

"아, 우리는 빈 라덴을 엘비스라고 부릅니다. 엘비스 프레슬리가 숨진 지 수십 년이 흘러도 그를 봤다는 사람이 매년 꼭 몇 명씩 나오지 않습니까. 빈 라덴도 마찬가지입니다. 그동안 그를 봤다는 소문만 무성했죠. 이제는 정말 죽어 버려서 '죽은 엘비스'가 되어 버렸지만 말입니다."

로컨이 크크거리며 웃었다.

"그리고 현재는 그린 존 안이라고 해도 안전이 보장되지 않습니다. 놈들은 그린 존 안에서도 얼마든지 일을 저지를 수 있다는 것을 입증하고자 합니다. 이번에 일성이라는 일본 기업의 회장을 납치한 것도 그런 이유일 겁니다. 작년에는 옛 후세인 궁에서 VBIED(차량 탑재형 급조 폭발물)이 폭발하여 100명이 죽고 500명이 크게 다쳤습니다. 그리고 바로 저번 달에는 호텔 투숙방에서 CIA 요원이 암살되었고, 사무드 공원에서 독일에서 온 기업가가 탈레반의 칼에 찔려 죽기도 했죠."

"그렇습니까?"

"이런 말씀 드리기 뭐하지만 이게 전부 다 이라크에서 미군이 철수하고 있어서 그렇습니다. 이라크 정부 녀석들에게 치안권을 넘겨주면 이렇게 된다는 것을 나는 진즉에 알고 있었습니다. 뭐, 그래 봤자 꼭두각시 정부이지만요."

"그 덕에 로컨 씨에겐 더 높은 보수의 일들이 들어오지 않습니까."

로컨의 미간이 살짝 찌푸려졌다.

"고든 씨, 내가 비록 돈에 움직이는 청부인이라지만 나는 평화를 사랑하는 사람입니다. 뉴저지에 있는 내 아내와 아들이 평화롭게 살기를 원합니다. 그 때문에 여기에 왔죠. 그동안의 보수도 적지는 않았습니다. 치안이 불안정하면 가장 손해를 입는 것은 이라크 시민입니다. 나는 있지도 않은 대량살상무기 따위도, 석유도 다 관심이 없습니다. 모두가 평화롭길 원합니다. 내 가족도, 그리고 이라크 사람들도요."

나는 차분하게 그의 이야기를 들으면서 고개를 끄덕였다.

"잘 알겠습니다. 제가 걱정하는 것은 바로 전에 로컨 씨가 말씀하신 일들입니다. 시낙 다리에서의 일이 제게 있지 않으리라고는 생각되지 않습니다. 로컨 씨는 일성 그룹을 아십니까?"

"압니다."

"로컨 씨가 아시는 것과는 달리 일성은 일본의 기업이 아니라 한국의 기업입니다. 그동안 세계 전자 시장은 일본이 지배하고 있었으나 이제는 한국의 일성이 지배합니다. 제가 있는 곳에서 신용운 회장의 입김은 실로 대단합니다. 태평양 너머에 있는 그가 말을 한마디 할 때마다, 다우지수가 요동칩니다. 나는 그 때문에 손실도 많이 봤고 이익도 많이 본 사람이라 잘 압니다."

"예."

"그런 대단한 기업가가 보란 듯이 납치되었습니다."

"그러니까 고든 씨 말씀은, 저희의 실력을 믿지 못하시겠다는 것입니까?"

로컨이 어깨에 새긴 부대 문신을 자랑스럽게 가리켰다.

"나는 델타포스 출신입니다. 고든 씨에게 말씀드리지 못할 극비 공작들을 수없이 수행한 정예 중의 정예입니다."

"로컨 씨의 실력을 믿지 못하겠다는 것이 아닙니다. 마찬가지로 신용운 회장의 경호를 담당했던 사람들 또한 실력이 낮아서 그렇게 당한 것이라고는 생각하지 않습니다. 신용운 회장을 공격한 이들이 누구인지는 모르겠지만, 우리가 생각하는 것 이상으로 뛰어난 실력을 갖춘 이들일 거라는 겁니다. 그런 이들이 저를 노린다고 생각하면 등골이 오싹해집니다. 저는 신용운 회장만큼은 아니더라도 이라크 반군들이 관심을 가질 만한 투자사를 운용하고 있습니다. 이라크에는 대규모 투자를 위해 온 것이지요."

"공감합니다."

로컨이 입술을 뗐다.

"그 회장을 경호한 이들은……."

로컨은 거기까지 말하고 그가 뒤쪽으로 몸을 돌려 발리! 하고 외쳤다.

발리는 아프리칸 미국인으로 키가 무척 큰 남자였다. 발리가 내게 눈인사를 건넨 뒤 로컨 옆에 앉았다.

"시낙 다리 사건 말이야. 크리트 녀석들이 맡고 있었던 거지?"

"맞아, 크리트."

크리트.

뉴스와 시사 잡지에서는 얻을 수 없었던 정보였다.

"이분은 월 스트리트에서 오신 고든 씨."

"발리요."

발리가 정식으로 악수를 청했다. 그의 크고 뜨거운 손이 내 손을 완전히 감쌌다.

"발리, 고든 씨께서 시낙 다리에서 있었던 일을 우려하고 있다."

"납치된 동양인 기업가?"

"맞아."

"그때 동양인 기업가에 의해 고용된 크리트 요원들은 20여 명이었소. 고든 씨께서 시낙 다리에서와 같은 일이 있을까 걱정이 된다면 그 두 배의 요원을 고용하시길 권하고 싶소."

발리가 성악가 같은 굵은 목소리로 말했다.

"고든 씨도 아시겠지만, 이곳 이라크에는 많은 민간 보안 업체가 존재하고 있소. 크리트도 그중 한 곳이오.

하지만 아셔야 할 것이 그린 존에서 왕성히 활동하고 있는 민간 보안 업체의 청부인들 실력은 대개 비슷하다는 것이오. 전부 다 본토의 특수부대에서 실전 경험을 한 정예들이오. 우리 또한 마찬가지요. 우리의 경력을 증명할 서류는 언제든 보내 줄 수 있소."

"고든 씨, 발리와 내게 요원을 고용하고 자를 수 있는 권한을 준다면 내일까지 사십 명을 데려올 수 있습니다."

발리와 로컨이 번갈아 말했다.

"생각해 보겠습니다. 그런데 신용운 회장을 납치한 이들이 누구인 것 같습니까?"

"탈레반."

"탈레반."

발리와 로컨이 동시에 대답했다.

"확정하긴 이르지 않습니까? 탈레반은 어떠한 성명도 내고 있지 않습니다. 그들이 보여 줬던 모습과는 너무 다르지 않습니까. 이라크의 잔존 군사 세력은 아닙니까."

"몇 년 전이었다면 그럴 수도 있겠지만, 지금은 아닙니다. 고든 씨 말씀대로 우리는 그동안 이라크의 잔존 군사 세력과 싸워 왔습니다만 지금은 아닙니다. 지금 우리의 적은 탈레반입니다. 그동안 이라크 잔존 세력은 모두 탈레반으로 유입되었습니다."

"맞소."

둘은 강력한 확신을 가지고 있었다. 더불어 탈레반을 향한 강한 적의가 느껴졌다.

이라크에서 활동하고 있는 탈레반에 대한 정보가 필요해 계속 대화를 나눴다. 그런데 로컨과 발리가 알고 있는 이라크 탈레반 정보는 과거의 정보에 불과했다. 결국, 현재 첩보 조직에서 일하고 있는 정보원의 생생한 정보가 필요하다는 생각이 들었다. 이제 그만 자리에서 일어날 때였다.

"그렇군요. 두 분 말씀 잘 들었습니다."

지갑에서 100달러 두 장을 꺼내 둘에게 내밀었다. 둘은 웃으면서 흔쾌히 받았다.

"우리는 내일도 여기에 있겠습니다, 고든 씨."

로컨이 일어선 나를 올려다보며 말했다. 나는 대답 없이 빙그레 웃어 보인 다음 카운터에서 계산을 마쳤다.

파라솔에서 꽤 멀리 떨어졌을 때, 갑자기 뒤쪽에서 웅성거리는 소리가 들렸다. 청부인들이 텔레비전 앞에 모여 있었다. 그쪽으로 발걸음을 돌렸다.

나를 발견한 로컨이 내게 어서 오라고 손짓해 보였다.

"그 동양인 회장……."

남자들의 시선이 모두 텔레비전으로 쏠려 있었다. 아랍 최대의 뉴스 채널인 알자지라 방송이 틀어져 있는 텔레비전이었다. 고개를 들어 텔레비전 화면을 확인한 내 두 눈이 부릅떠졌다.

화면 안에 신용운 회장이 있었다. 머리가 다 풀어 헤쳐지고 엉망인 몰골이었지만 분명히 그였다.

신용운 회장은 그와 함께 납치되었던 수행원 두 명과 함께 무릎을 꿇고 있었다.

그리고 그들 뒤에는 검은색 복면을 쓴 세 사람이 있었다. 중앙에 서 있는 자는 소총을 메고 있었으며 양쪽의 두 괴한은 목을 단번에 절단할 수 있는 큰 구르카를 들고 있었다. 벽에는 녹색 천이 걸려 있었는데 거기에 쓰인, 의미를 알 수 없는 아랍어가 내 심장을 더욱 뛰게 만들었다.

두근두근!

"저 동양인 회장을 지금 참수하려는 모양입니다."

옆에서 로컨의 목소리가 들렸다. 하지만 그의 말이 내 귀에 들릴 리가 없었다.

『마검왕』 13권에서 계속
작가 홈페이지
http://www.naminchae.com

『십전제』,『환영무인』,『파멸왕』의 작가!
우각 신무협 장편소설

『검(劍)·마(魔)·도(島)』

천일평의 지옥, 정마대전 이후 십 년.
음모로 빚어낸 거짓 평화에 종언을 고한다!

천하에 협을 관철하고, 하늘에 천리를 묻는다!
진부동 신무협 장편소설

『풍운강호』

마교의 부활, 또다시 불어오는 혈풍의 비릿한 내음
난세를 종식시키기 위해 생사여탈의 판관이 되기로 다짐한 남자
협의지심, 이 한 마디만을 가슴에 품고 강호행에 나섰다!

dream books
드림북스

최대 연재 사이트 문피아
독자 조회수 1위! 독자 선호도 1위!

『아독』, 『백발검신』의 작가!
이광섭 판타지 장편소설

전장의 신이 되어라!

『아이더』

천방지축 아이더의 대책 없는 영웅 서사시

새로운 영웅의 탄생을 기다리는 검술의 시대
실전의 꽃, 전장검술을 들고 아이더가 강림했다!